Macha Méril

# Patati, patata,

## trois petits tours et puis ça va

CHRONIQUES

Albin Michel

Ces chroniques ont fait l'objet
d'une première publication dans l'hebdomadaire *Côté femme.*


22, rue Huyghens, 75014 Paris

www.albin-michel.fr

ISBN 2-226-12738-0

« J'ai mes brouillards
et mon beau temps
au-dedans de moi. »

Pascal

# Vive la rentrée !

Enfin les vacances sont finies.

C'est épuisant les vacances.

Les torticolis attrapés aux caisses des hypermarchés surclimatisés. Les draps qu'il faut vite laver pour les nouveaux arrivés. Les tables qui s'allongent parce que vos amis viennent avec d'autres amis « qui voulaient tellement te connaître, tu sais ». Les fosses septiques qui débordent. Les glaçons qui manquent. Le navarin préparé pour le dîner qui a tourné pendant l'après-midi (où le mettre, le frigo est plein). Les invités qui demandent l'horaire des trains au moment où on doit fermer les parasols à cause du vent. Le téléphone qui sonne quand les pâtes sont cuites. Le bouquin qu'on n'arrive pas à finir. Le régime qu'on n'arrive pas à commencer. Et les cloques qu'on a sur la gueule parce que les moustiques sont particulièrement méchants cette année.

C'est un mystère. Qui sait pourquoi, en vacances, les hommes ne savent plus où ils ont mis leurs chaussures, les enfants ont toujours faim, les grands-mères tombent malades, les amis se séparent et les sœurs sombrent dans la dépression ? Qui doit réussir les confitures, qui doit être fraîche et jolie avec ses tabliers paysans « qui lui vont si bien » ? Vous. Qui doit trouver le nom d'un animal tropical en Z pour les mots croisés, le mot juste pour le chagrin d'amour de la petite Louise qu'on vous a confiée quelques jours, pendant que les parents se ressourcent dans un Relais et Châteaux, avant que le couple n'explose ? Toujours vous. Vous, l'increvable, la tonique, la merveilleuse amie et l'irremplaçable compagne.

Eh bien remerciez-les tous. Grâce à eux, vous êtes vivante. Vous oubliez les années qui passent, vos rhumatismes, vos angoisses. Vous n'avez pas le temps de vous abîmer la peau au soleil, vous entretenez vos mollets en montant et en descendant les escaliers dix fois par jour, votre imagination est en marche, à la recherche d'une idée, d'une solution, d'une plaisanterie qui allégera une tension, calmera un malentendu. Vous êtes indispensable, inventive.

Entre deux casseroles, vous aurez eu les belles conversations de l'été, celles où on remet tout en cause, où on se demande qui on est, et votre activité intense vous donnera le bon point de vue. Vous êtes du côté de l'urgence, de la vraie nécessité, donc du bon sens et de l'ironie.

Alors même si vous êtes un peu fatiguée, la rentrée vous semblera un jeu d'enfant comparée à vos prouesses de ce mois d'août. Vive la rentrée !

# Les Cinquantièmes Jubilantes

Les femmes sont formidables. Les femmes de plus de quarante ans encore plus. Elles sont belles, énergiques, souriantes, et pourtant la société repose sur elles de tout son poids. Elles sont le pivot, le soutien de quatre générations : les parents, parce qu'elles sont braves et qu'elles n'abandonnent pas un père grincheux, une mère restée veuve, une tante âgée ou malade ; les maris, parce que le monde est dur avec eux passé la barre des cinquante ans, et qu'ils ont un mal de chien à accepter de vieillir, avec leurs pauvres cheveux teints et leurs tentations de lifting ; les enfants, parce qu'ils divorcent ou qu'ils n'ont pas de boulot et qu'ils reviennent à la maison, et les petits-enfants qui se marrent avec leur grand-mère jeune et dans le coup mais qui réclament une attention permanente.

C'est peut-être le privilège des femmes de notre génération d'être en forme et gonflées. Filles du baby-boom, nées après la guerre par un désir de reconstruire un monde meilleur, élevées à l'ancienne, nous avons eu la pilule, 68 et l'opportunité de faire les métiers que nous souhaitions, y compris des métiers réservés jusque-là aux hommes. Ni le chômage ni la vilaine maladie ne nous guettaient. Beaucoup de bol pour une seule génération, j'en conviens.

Cela ne se reproduira peut-être pas dans l'histoire de l'humanité, dans l'histoire des femmes. Mais le fait est là. Nous sommes plus libres et plus dynamiques que les autres, et toutes ces conditions historico-psycho-sociales ont fait de nous une nouvelle espèce, les « jubilantes » !

Quand j'ai créé l'association « Les Cinquantièmes Jubilantes », je n'imaginais pas que j'aurais autant d'écho. Vous avez répondu en masse, des milliers de lettres sont arrivées, racontant vos parcours, tous différents et tous proches, avec un dénominateur commun : l'envie de vivre, de ne pas gâcher les années qui viennent, les occasions qui se présentent, de bouger, de s'améliorer, de moderniser votre vie et celle de vos proches. Un élan général vers la nouveauté, la beauté et la justice. Un courage émouvant et une générosité formidable. Vous êtes formidables.

# Le secret du bonheur ?

On me dit quelquefois : « Comment faites-vous pour être toujours de bonne humeur ? Quel est votre secret ? »

Je ne suis pas toujours de bonne humeur. Mais j'essaye. Un mélange de fierté et de paresse m'a permis de mettre au point ma recette. Si une mauvaise nouvelle me tombe sur la tête, je ne vais surtout pas laisser triompher le Malin, je ne montre rien, j'encaisse, trop d'honneur que de manifester ma déconvenue. Je fais comme si de rien n'était et je prépare ma riposte, ma stratégie, avec le sourire. Je camoufle ma douleur, je serre les dents et je ne m'expose pas à la pitié et aux consolations (fierté).

Et je réfléchis. Comme au jeu d'échecs, il y a toujours une faiblesse dans la victoire de la partie adverse. Il faut la trouver. Cette analyse critique me fait découvrir mes propres erreurs, souvent des aveuglements. Je pense être l'auteur principal de mes malheurs (fierté), à moi de trouver l'antidote. Mais je sais aussi que les situations se renversent, que l'arroseur est arrosé et que rien n'est immuable. Alors je fais le dos rond, et j'attends (paresse). Je me fais petite, invisible, toujours avec le sourire. Il n'y a pas de fatalité, je ne suis pas abonnée aux malheurs, je reçois mon lot, comme tout le monde, il faut passer ce grain, cet orage.

A l'ordinaire, ça marche. Le soleil revient après la tempête. Le hasard n'est pas méchant, il ne s'acharne que sur ceux qui lui résistent (paresse).

Entre-temps il faut saisir tous les signes, les courants, observer les répétitions, les spirales, les abîmes, et ne pas tomber dedans. Ne pas être fasciné par son propre chagrin, ne pas s'indigner, ne pas se fatiguer à protester quand la situation est bloquée. Un jour la leçon de ces épreuves fera de vous une personne plus forte, plus avisée et plus humble. Il faut se souvenir de cela pendant que ça va mal. Une sorte d'exaltation peut s'emparer de vous, vous stimuler et combattre souterrainement le spleen qui menace.

La bonne humeur est un choix, un réflexe, un

muscle qu'on développe. Le bonheur est un labyrinthe, on se cogne, on se cogne puis ça passe. Il y a un passage. Quelques pas en arrière et on redémarre. Le but n'est pas d'arriver quelque part, le but est d'avancer, avec la joie de trouver une issue, une solution, par chance, par instinct ou par réflexion. Cette joie-là est la plus forte, elle fait oublier les inquiétudes, les obstacles. La bonne humeur c'est tout ça, le noir et le blanc qui alternent, passionnément.

# Chères névroses

Une amie psy m'a raconté que, plusieurs fois au cours de sa carrière de thérapeute, des patients ou des patientes qui étaient sur le point d'obtenir des résultats abandonnaient leur analyse avant d'arriver au but et disparaissaient sans plus donner signe de vie, épouvantés par leur possible guérison. A croire que nos névroses nous sont chères, et qu'on n'a pas vraiment envie de s'en débarrasser. J'ai entendu des artistes qui auraient bien besoin de s'allonger chez un homme de l'art me dire : non, non, je ne veux pas me soigner, ça m'enlèverait mon talent, je préfère avoir mal.

Vieille question de la souffrance. Beaucoup la cultivent comme si elle était un indice de personnalité, de singularité et qu'en attirant la compassion, donc l'intérêt, elle assurait la considération et un traitement de faveur. Halte, je souffre, je suis fragile, drapeau blanc, ne m'attaquez pas. Ne me demandez rien non plus. Dans bien des cas la souffrance est plus mince que son expression. On peut s'amuser à l'augmenter, avec un potentiomètre intérieur qui va jusqu'à provoquer des phénomènes visibles, fièvres, boutons, pâleur, frissons et plaques rouges. Certains sont passés maîtres dans cet exercice. On accentue les allergies, les vertiges et les étouffements, comme l'enfant fait ses dents le jour où il doit rentrer à l'école. Ainsi on se met hors jeu, pouce, je suis en crise, ce n'est pas ma faute, oubliez-moi.

Les mêmes oublient tous leurs bobos quand ils sont dans un moment d'euphorie, amour, succès ou bonne fortune. Et parfois, en plein bonheur, ils s'affolent, ils reprennent conscience du laisser-aller et rompent le charme comme si leur bien-être était un sortilège néfaste et anormal qui leur tombe sur la tête pour les entraîner dans la débâcle de la félicité, qu'il faudra peut-être un jour rembourser.

Je connais toutes sortes de variétés de ce syndrome. Il y a ceux qui ne vous donnent que de mauvaises nouvelles et se complaisent à vous raconter, avec moult détails macabres, les catastrophes qui les entourent. Il y a ceux qui boudent, parce que vous n'avez pas assez remarqué leur malheur, et qui se drapent dans un silence distancié. Il y a ceux qui se défoulent dans la grossièreté, qui jurent et qui vitupèrent, en trouvant tout mauvais, tout répréhensible. Il y a les champions de bonne conduite qui critiquent les personnes qui se livrent, parce que ça ne se fait pas, on n'étale pas sa vie personnelle. Il y a ceux qui adorent le drame, qui battent leur femme, leurs enfants, leurs chiens, ou une prostituée spécialisée dans ce genre de traitement.

Sans aller jusqu'à ces extrêmes, je remarque que, contrairement à ce que nous enseignaient les cours de morale jusqu'ici, chacun aujourd'hui met en évidence son handicap, sa faiblesse. Afin d'exister, d'être plaint, consolé, exempté ? Dans l'explosion de la liberté individuelle, on voit bourgeonner les fantasmes, vrais, latents ou présumés, qui suscitent un véritable marché. Qui n'a pas encore son petit fantasme, tel une garniture pour libido ? Car être gentil, équilibré, poli et souriant n'est pas très excitant. La séduction moderne passe par cet affichage de petites et grandes perversions qu'on nous conseille de corriger, mais que la mode encourage et glorifie. Avez-vous vu ces femmes déguisées en GI du Vietnam, en strip-teaseuses-fouetteuses ou en chasseurs Masaï que les créateurs nous ont présentées aux derniers défilés de haute couture ?

Moi j'en suis au petit verre de vin blanc frais, à un dîner aux chandelles, à la tendresse d'un regard ou d'une main qui frôle la mienne. Suis-je tordue ?

# Les vendanges

La joyeuse saison des vendanges approche. Chaque semaine, les viticulteurs prélèvent quelques grappes réparties sur toutes les parcelles de terrain, puis ils pressent un premier jus de test pour juger si le moment est venu. Quand la maturité des raisins n'évolue plus, on lance les opérations de récolte. C'est une fête. Les vignobles s'animent. Une odeur de jus de raisin plane sur les coteaux. Presque partout en France la vendange est désormais mécanisée. D'immenses machines aux allures d'Alien circulent entre les rangs de vignes dans un grand tremblement. Certaines font déjà le tri des feuilles, des tiges et des rafles, recueillant seulement les grains dans les cuves. Quelques grands crus font encore les vendanges à la main, occasion d'agapes aux campements des saisonniers, avec flamenco, grillades géantes et cassoulets bien arrosés.

Tout ce qui entoure le vin, du ramassage des raisins à la vinification, des foires aux dégustations, est sympathique. Les hommes — et les femmes, de plus en plus nombreuses — qui s'occupent du vin ont en commun la joie de s'être spécialisés dans une activité chargée de traditions mais qui se modernise chaque année et où tout reste à faire. Notamment donner à connaître et apprécier ce breuvage bien européen à des populations sans cesse croissantes. Gagner la compétition contre la bière et le Coca-Cola est une vraie guerre de religion qui anime tous les entrepreneurs du vin.

La carte mondiale des consommateurs de vin s'agrandit, et surtout elle s'améliore. On boit de mieux en mieux dans des pays comme l'Australie, Taiwan, le Chili ou les États-Unis. Ils nous font d'ailleurs de la concurrence ! Cela nous oblige à soigner nos productions et je constate que les « petits vins » français ont fait des progrès considérables. Les piquettes sont à l'index et vite repérées. Dans toutes les régions fleurissent des petits crus sans AOC agréablement vinifiés, sincères et originaux. Des assemblages audacieux de cépages locaux, des flaconnages élégants, des étiquettes fleuries. On voit que la jeunesse est passée par là. Les nouvelles générations de vignerons sont plongées dans le monde moderne ; ils sont attentifs à ce qu'ils mangent et boivent eux-mêmes, ils pensent à la santé de leurs enfants. L'avenir de l'alimentation est entre leurs mains.

Boccace disait : « *Latte e vino fanno il bel bambino* » (lait et vin font le bel enfant). Je suis tout à fait d'accord avec ça. Consommé avec modération et exigence (de qualité) pour accompagner un bon repas, le vin est la meilleure boisson du monde.

# Les bons et les mauvais restaurants

Il y a des collectionneurs de bonnes adresses de restaurants comme il y a des collectionneurs de timbres ou de papillons. On fouine, on se refile les tuyaux, on s'abonne à des revues spécialisées, on teste, certains notent ce qu'ils ont mangé, j'ai vu des Japonais photographier leur choucroute ou l'étiquette d'un vin.

Je suis toujours embarrassée quand on me demande mes restaurants préférés car je crains que mon goût ne soit pas partagé par tout le monde. J'ai de très bons souvenirs de tout petits bistrots et des souvenirs exécrables de très grands restaurants. Je suis émue par de bonnes frites dans une brasserie à grand débit ou par une omelette bien préparée au café du coin, tandis que la prétention et la fadeur de certains plats recherchés me hérissent le poil.

C'est hélas la mode chez nombre de nos jeunes chefs. Faire chic. Servir des amuse-gueules nappés de crème liquide qui vous coupent l'appétit et vous alourdissent l'estomac. Mélanger viande et poisson, le saumon au jus de bœuf et le rôti de veau au fumet de homard. Saupoudrer les assiettes de piment doux ou de cumin en petits tas décoratifs qui s'envolent sur la table dès que vous respirez. Couronner le tout de pelures de courgettes ou de mini-asperges à peine cuites. Sans compter le service. Quand une blondasse aux allures de sous-maîtresse vous accueille au milieu des fleurs artificielles avec ses ongles de toutes les couleurs et vient sans cesse vous demander si « tout va bien » alors qu'on a attendu l'entrée vingt minutes. Quand les serveurs fraîchement sortis de l'école hôtelière ânonnent la description de ce qu'ils viennent de servir, ampoulée de « coulis de betterave », de « carottes confites » et d'herbes inconnues, on est déjà tellement irrité que la digestion ne peut que mal se passer. Idem avec le sommelier qui vous vampe de sa science pour vous vendre le vin qu'il doit écouler.

La gastronomie doit s'accompagner de liberté et d'une certaine discrétion. On n'aime pas être observé, épié, dérangé, dirigé. L'acte de manger est intime. C'est donc mon premier critère : la simplicité, la vraie gentillesse avec laquelle on est reçu. Les restaurateurs qui sont sûrs d'eux n'ont pas besoin de nous épater, ni de nous flatter, ni de nous taper sur l'épaule, comme si nous étions leurs meilleurs amis. J'aime les bistrots chaleureux où je peux parler avec mes convives, où on n'est pas serrés comme des sardines sous prétexte que le restaurant marche bien. J'aime que la lumière soit agréable, sans effet spécial, sans qu'un projecteur audacieux ne me braque l'œil. Je me fais une fête d'aller dans un temple de la cuisine, chez un chef étoilé, mais j'ai autant de plaisir à retrouver mes petits bistrots sans nom dénichés par mes vagabondages et par mon flair. La première bonne impression vient du nez : dès qu'on ouvre la porte d'un bon restaurant, l'odeur est alléchante. On sait tout de suite que là-bas, derrière les fourneaux, il y a des gens qui travaillent bien. La récompense d'un restaurateur n'est-elle pas qu'on revienne ?

# Homme des villes homme des champs

On dit : il y a deux France, une de droite, une de gauche. Moi je dis qu'il y a deux types de Français : ceux qui vivent à la ville, et ceux qui vivent à la campagne. La différence est fondamentale et ne se résume pas au désir de prendre son café sur une pelouse en regardant ses enfants jouer avec le chien, ni de gratter son potager le dimanche. C'est un choix de cohabitation et de partage des lieux avec nos concitoyens qui change le caractère et même l'aspect physique. Ceux qui ont fait le choix définitif de vivre hors des villes ont un air de famille, un signe de reconnaissance.

Ce qui change, c'est la notion de l'espace, de la place qui nous est attribuée sur cette terre. En ville, on se félicite d'avoir quelques mètres carrés de plus, une place de parking ou un balcon. On est heureux d'avoir trouvé une commode qui tient juste entre les deux fenêtres, une astuce pour ranger les cassettes vidéo au-dessus des portes. On est dedans. On protège son intimité avec des codes, des interphones, des listes rouges. On choisit ou non de faire entrer le monde extérieur dans la maison.

En dehors des agglomérations urbaines, à la campagne ou dans les petits centres, le lieu de chacun est délimité mais il s'étend à ce que l'œil voit, le pré du voisin, le jardin devant la mairie, le hangar du cultivateur avec ses machines agricoles, et les vaches, là-bas, qui se baladent et changent de place d'une heure à l'autre de la journée. On est dehors.

Inconsciemment, on fait sienne la nature qui est autour, on s'élargit. On marche à grands pas sans craindre de se cogner dans les meubles. On consulte les arbres, les étoiles.

Ce sentiment d'expansion, de liberté physique est pour moi la cause principale du mouvement de fuite vers la campagne qu'on constate dans toutes les statistiques. Doit-on vivre toute une vie dans un parcours étroit qui va de nos logements à nos lieux de travail, le nez baissé dans des rues où les contraventions et les sens uniques nous compriment ? En attendant, au mieux, de s'échapper pour le week-end ? En allant voir des films qui se passent sous une arche perdue ? Je ne sais pas où vous en êtes, mais moi je me pose drôlement la question : dedans, ou dehors ? Et je me demande si ce qu'on appelle « la résidence secondaire » ne serait pas, en vérité, notre résidence principale, vitale, fondatrice, celle qui nous rendrait nos formes, nos contours, nos gestes naturels et notre vrai visage.

# Ne pas déranger !

Le plus grand luxe, aujourd'hui, c'est de ne pas se lever le matin. De couper le kiki au réveil. De débrancher le téléphone et de mettre un panneau sur la porte de la chambre : NE PAS DÉRANGER.

Il faut beaucoup de volonté et de courage pour oser faire ça. Ce que les autres, vos proches et la société attendent de vous l'interdit formellement. Mais c'est votre faute. Ne vous êtes-vous pas engagée à être disponible à tout moment, ne vous êtes-vous pas forgé une existence bourrée à craquer d'activités, de plans, de promesses ?

Il y a les magasins de bricolage avec lui, la Fnac avec les enfants, les grandes expositions avec une amie, le ciné avec toute la famille, la tarte aux poireaux avec maman, les repérages avant-soldes, les cours d'anglais, de chinois, de judo, la retoucheuse (parce que vous avez abandonné l'idée de rectifier vos ourlets vous-même), la voisine qui a reçu tous les devis comparatifs de la réfection du local-poubelles (vous êtes au conseil syndical de l'immeuble), le copain de votre mari qui milite chez les Verts et qui veut vous convaincre de vous inscrire, les journaux de la semaine qui s'accumulent et qu'il faut au moins parcourir, les photos des vacances qu'il faut trier (vos enfants ont horreur d'être moches sur les photos), la chaise qu'il faut faire canner, le rempailleur n'est au marché qu'à heures fixes, le CV de votre collègue que vous avez promis de rédiger, etc.

Vous voulez tout faire, être partout, être performante. La liste des devoirs de la femme s'est tellement allongée depuis quelques décennies que chaque minute est attribuée, on est découpée en rondelles, débitée, il ne reste plus d'espace pour les désirs et pour la marge d'inconnu, d'improvisation, entrebâillement du temps par lequel les plus beaux moments de notre vie se faufilent dans le « programme ».

Le sommeil est un de ces moments. Pas n'importe quel sommeil. Le sommeil libre, serein, affirmé, jouissif, abusif et coupable. Les heures de rab au-delà des huit heures autorisées, le sommeil en plein jour, ou après le déjeuner sur le canapé du salon, le sommeil non calculé qui fout en l'air vos horaires de la journée mais qui vous rend votre droit de dire NON, non je ne vous appartiens pas, non je ne suis pas parfaite, non je ne suis pas une machine à rester dans le coup, à profiter de tout ce que proposent la ville, la télé, les prospectus et Internet, et tant pis si je suis dépassée, je suis un être humain : je dors et je fais de beaux rêves !

# La gourmandise

Mon ami Lionel Poîlane, célèbre boulanger-pâtissier a eu une idée charmante : soumettre au Pape une pétition signée de toutes les personnalités qui le désirent, qui demanderait à Sa Sainteté d'intervenir auprès des autorités vaticanes compétentes pour qu'on mette à l'étude la suppression du dernier péché capital : la gourmandise. J'adhère tout à fait à cette requête et je serai parmi les premières signataires.

Qu'est-ce que la gourmandise ? Le désir de bien manger et de bien boire, d'en rêver et de s'employer à réaliser ce vœu. C'est-à-dire traverser la ville pour aller chercher un gâteau chez un certain chocolatier, ou un fromage chez un affineur renommé. Passer des heures à préparer un repas, des jours à composer un menu, sélectionner les produits, les ingrédients d'une recette, dépenser quelques centaines de francs de plus pour s'assurer de leur qualité, fréquenter les livres de cuisine et les revues spécialisées dont les photos font saliver, et depuis quelque temps, innover, réfléchir, essayer. La concurrence entre ces leaders d'opinion, la profusion d'influences étrangères, les propositions des grands chefs qui intègrent de nouveaux assemblages de saveurs dans leurs trouvailles, tout cela développe le goût, la curiosité et fait reculer le racisme gastronomique, donc le racisme tout court. On évolue, on découvre, pour être chic et gourmet aujourd'hui il faut être ouvert, cultivé et écologique.

Pendant ce temps-là apparemment consacré au futile et à l'éphémère, on ne cherche pas à faire la guerre, à nuire à son prochain, au contraire, puisqu'on a besoin de lui pour partager nos agapes ! Je suis donc bien d'accord avec Lionel, la gourmandise ne peut pas être un péché. Ce qui est un terrible péché, c'est de ne pas éduquer la gourmandise chez nos enfants, en leur donnant à manger n'importe quoi, sans leur expliquer ce qu'ils mangent, d'où ça vient, comment ça pousse, comment ça se cuisine, et au finish comment ça se déguste. Le goût est un sens cognitif comme les autres, qui nous promène dans l'histoire, la géographie, la chimie, la médecine, la zoologie, la géologie, l'anthropologie et toutes les traditions de la planète. Par le palais et par l'odorat on aborde d'une façon directe et personnelle les grands mystères de notre univers, de notre constitution, de l'architecture de nos cellules, des molécules et de leurs mouvements. On éveille la curiosité, mais aussi le sens du partage, de la confrérie, tu aimes les artichauts, moi aussi, tu détestes les fruits de mer, tiens, moi aussi. Dès l'enfance on s'associe et on se différencie par les usages alimentaires. Couscous contre borchtch, saint-nectaire bien odorant contre parmesan, on prend position, on défend ses origines et ses différences. Serait-ce un péché ? Quel mal fait-on, de quelles mauvaises pensées peut-on accuser un gourmand ? A moins de voler pour satisfaire ses envies, je trouve que les gourmands honorent la nature, apprécient la vie, et ne font de tort qu'à eux-mêmes, s'ils deviennent obèses. Encore que les gros soient souvent plus sympathiques, plus humains que les maigres... Moi, pas de chance, j'aime les maigres. Pas n'importe lesquels. Ceux qui aiment bien manger et partager avec moi mon péché mignon : la gourmandise.

# L'homme français

J'ai un peu roulé ma bosse, j'ai été voir ailleurs, j'ai cru, comme Arletty que si mon cœur était français, le reste était international. J'ai pesté contre les hommes de chez nous, amoureux de leur voiture, de leur vélo ou de leur cheval, mais piètres amoureux des femmes. J'ai été séduite par les Latins, les Slaves, les Nordiques, les cosmopolites, les indéplaçables, tels les vins qui ne voyagent pas. Rassurez-vous, je n'ai pas tout consommé, mais j'ai bien regardé, bien comparé. Avec le temps, on devient difficile, on voit tout en un coup d'œil. Après cette longue prospection panoramique, je me dois de vous faire part de mes conclusions.

C'est exact. Le mâle français est peu démonstratif,

naturellement mal habillé, pas toujours généreux, peu sensible aux arts, hésitant en politique, capricieux à table, paresseux à la maison, timide en société, grande gueule en voiture, allergique aux conversations introspectives, sceptique sur les nouvelles médecines, peu enclin à changer ses habitudes, à déménager, à apprendre une langue étrangère, à adopter une mode, à jeter les vieilleries, à rompre avec les emmerdeurs, à oublier définitivement une ancienne liaison. Il est lent à sauter le pas, peu romantique quand il le saute, secret dans ses intentions, expéditif dans ses plans, distrait quand on ne parle pas de lui, peu passionné sauf devant un match de foot, bluffé par la réussite mais pas forcément ambitieux, oublieux des dates d'anniversaire, amateur d'ail et de camembert, de pétanque et de loto, etc.

En revanche, l'homme français ne reste pas dans les jupons de sa mère, comme l'Italien. Il est bon fils mais bon mari, dans la famille il n'y a qu'une patronne, sa femme. Quand il s'engage, il s'engage, pas comme le Slave dont la parole n'est jamais sûre. Il est héroïque sans ostentation. Il sera le premier à se jeter à l'eau si quelqu'un se noie, le premier à venir au secours d'un blessé. Il ne dépense pas au-delà de ses possibilités, comme le Sud-Américain, et ce qu'il perd en flamboyance, il le gagne en fiabilité. Il ne vous fera pas de grandes déclarations, mais il vous fera rire. Il n'est pas un séducteur, mais on peut compter sur sa virilité. Il ne vous dira pas qu'il a besoin de vous, mais il ne prendra pas une décision sans vous, comme l'Anglo-Saxon. Il n'est pas collant, comme l'Oriental, et s'il est avare en gestes tendres, il n'est pas envahissant, comme le Méditerranéen. Il n'est pas muet et impénétrable, comme le Japonais. Il ne vous dira jamais le prix du cadeau qu'il vous fait, comme l'Américain, ni ne vous reprendra les bijoux qu'il vous a offerts, comme l'Arabe, ni ne vous imposera d'autres femmes, comme l'Africain. Il aime l'ordre, mais il ne vous montrera pas du doigt le papier chewing-gum que vous venez de jeter par terre, comme le Suisse. Il est chauvin, mais pas arrogant, comme le Flamand. Il regarde les jolies femmes qui passent, mais pas en coin, comme l'Anglais. Il vous aime élégante, mais pas voyante, comme le Californien. Il aime boire un petit coup, mais il ne vous reviendra pas ivre mort tous les samedis, comme le Suédois. Il ne vous dit pas tout, mais il ne ment pas systématiquement, comme le Roumain. Il a son petit mystère, un truc personnel, un charme fait de finesse et de solidité, d'humour et de raison, qui font de lui, décidément, un homme avec lequel on peut construire.

# Chaussures plates et talons aiguilles

Les chausseurs n'en reviennent pas : les femmes ne veulent plus mettre de talons. La vente des ballerines, mocassins et bottines de curé a décuplé, et les modèles d'escarpins et de mules à talons de huit centimètres restent dans la vitrine. Elles sont là pour nous faire rêver, fantasmer, on entre dans la boutique pour les essayer, pour les regarder, les toucher, mais on ne les achète pas.

Pourtant qu'elles sont sexy, ces échasses galbées et doublées de cuir doré ! Qu'elles sont tentantes, mutines, nostalgiques et gracieuses ! Elles ont encore du pouvoir sur les hommes. Elles sont encore le symbole de l'élégance dans les icônes pour la publicité des hôtels, de la non-sportivité obligée sur le pont d'un yacht, de la féminité chez Almodovar.

Or les femmes ont grandi, leurs pieds aussi, et leur envie de confort avec. Plus question de comprimer ses doigts de pied dans de fines chaussures en forme de gondole ou d'étui à cigare. Plus question de se tortiller en marchant, ni de se tordre la colonne vertébrale pour corriger une position périlleuse et pénible. Plus question de souffrir à l'Opéra, ni dans les soirées pendant que les pieds gonflent et veulent sortir de leurs muselières. Plus question de monter les escalators sur la pointe des pieds, de crainte de rester coincée dans les rainures des marches, plus question de s'accrocher à la main courante des escaliers du restaurant, comme une vieillarde, pour ne pas glisser sur la moquette.

La femme a choisi un autre look. Elle veut être ferme sur ses pieds, stable dans son apparence et ses idées, tranquille dans son corps. Une autre beauté est née. Une beauté sans fard qui déclare sa logique : ne pas tricher avec la vie que nous menons, avec les silhouettes que nous avons, avec les métiers que nous faisons et les kilomètres que nous parcourons, chaque jour, avec nos pieds commodément chaussés. Une affirmation honnête de nos besoins et de nos aspirations.

A ceux ou celles qui regrettent les talons aiguilles, je suggère de les garder pour les fêtes secrètes, les bals costumés et les films érotiques. Avec, au final, le plaisir de les enlever.

# A vélo !

Quelle évolution rapide ! Le profil des femmes à vélo a complètement changé. Il y a quelques années, les seules téméraires qui se lançaient dans les rues à vélo avaient moins de trente ans, une allure sportive ou originale, des métiers artistiques ou para-artistiques, des sacs et des paquets en bandoulière et l'air essoufflé et vaincu des personnes éternellement en retard.

Aujourd'hui, j'ai la surprise de constater que les vélocipédistes (femelles) sont tout à fait différentes. La plupart d'entre elles ont entre quarante et soixante ans, sont élégantes, soignées, pas du tout déguisées en « cyclistes », sportives mais pas trop, un sac de marque passé autour du cou, une tenue de ville ou de bureau absolument normale, un petit chapeau de pluie si nécessaire, mais qui n'écrase pas la coiffure. Elles évoluent sans hâte et sans inquiétude, prudentes et sereines, l'antivol sagement roulé dans le panier.

Que s'est-il passé ? Le vélo aurait-il changé d'adeptes ? Est-il devenu chic, branché, ou même recommandé ?

Les récentes enquêtes commerciales ont démontré pourtant que le boom du vélo de ces dernières années s'essouffle au profit des deux-roues motorisés, comme le scooter ou les motos petites cylindrées. Le standing des jeunes augmente, ils peuvent se payer des moyens de transport individuels. Mais seraient-ils devenus plus paresseux que leurs aînés, et moins soucieux de l'écologie ?

Le vélo, silencieux et non polluant, noble remplaçant de l'âne, du cheval et du dromadaire, est désormais utilisé par une population féminine consciente, des femmes qui veulent *vraiment* trouver une solution au chaos du trafic urbain et qui en profitent pour faire un peu d'exercice, entretenir leurs réflexes en attrapant au passage un coup de jeune avec un look civique et sympathique qui n'enlève rien à leur féminité.

En circulant à vélo, je rencontre ces femmes-là. On

se sourit, on échange quelques mots aux feux rouges, avez-vous vu l'exposition de sculptures dans tel jardin public, évitez le boulevard machin il y a un défilé de rollers, vous entendez le rémouleur avec son orgue de Barbarie, au carrefour là-bas ? On scrute le ciel qui menace, pour demain hélas la météo n'est pas fameuse, on ne pourra peut-être pas prendre le vélo, c'est bien dommage.

Il faudra une grosse averse pour renoncer à ces instants de liberté vigilante, d'éveil et de plein air qui nous donnent la sensation de ne pas subir la rue mais au contraire d'y participer, actrices curieuses et modernes de la ville où nous vivons.

# Jupe courte, jupe longue ?

A part Claudia Schiffer et quelques rares veinardes, aucune de nous n'a les jambes pour porter des jupes courtes. Les hommes, eux, sont unanimes : ils nous préfèrent en court, plus on voit de cuisse plus ça leur plaît, plus ça leur rappelle je ne sais quoi, leur maman à la plage peut-être ? Ou Silvana Mangano dans *Riz amer* ?

A l'approche des fêtes, voici que se représente le dilemme. Court ou long ? Dans la semaine on pratique la hauteur du genou, ou le pantalon, mais pour une sortie, pour un dîner de fête, il faut changer un peu.

Défilent dans la tête les avantages et les inconvénients de chaque longueur. Le long est chic, mais il vieillit. Le court est sexy, mais il limite les mouvements. Le long est austère, mais rassurant, le court est audacieux, mais facilement vulgaire. Le long est traditionnel, le court est plus moderne, le long est discret, le court est bravache. Le long coûte cher, mais le court aussi. Le court impose un style de chaussures, le long les bas fins. Le long est trop habillé, le court pas assez. Quel casse-tête ! Où sont le bon goût, le bon sens, le juste choix qui feront de vous la femme exacte pour la soirée en vue ? Quel message donnerez-vous de vous-même, vêtue d'une manière ou d'une autre ?

La question est d'importance, effectivement. Je ne suis pas de ceux qui vilipendent la mode et les fringues en général. On s'exprime à travers la manière dont on s'habille, on donne de soi des indications très précises. Mais ne vous affolez pas. Ne décidez rien. Faites comme moi : prévoyez deux tenues. Une longue, souple, fluide, un peu passéiste mais classique, pas trop quand même, avec un châle et un bijou fantaisie, et une courte, structurée, sobre, carrée, sans fanfreluche, avec une montre pour tout ornement. On décidera à la dernière minute. C'est un choix qu'on ne peut pas faire à l'avance. Il reflète votre état intérieur, l'assurance que vous avez ce jour-là, la confiance en vous-même, combien vous vous aimez.

Si vous vous aimez bien, alors foncez sur le court, sur la couleur, sur les tissus qui brillent. Ça ressemblera à votre énergie, à votre courage, avec un brin de provocation qui ne fait pas de mal quand on se sent bien.

Si vous avez eu une mauvaise semaine, si vous pensez que vos kilos en trop se voient, que vous n'êtes pas en beauté, alors réfugiez-vous dans les voiles, le flou, le long, le flottant, la soie et les couleurs chatoyantes. Mettez un peu de khôl à vos yeux, enrobez-vous d'un châle et sortez vos escarpins. Vous serez la Mata-Hari de vos propres secrets, en attendant de redevenir une batailleuse Jeanne d'Arc en jupe courte argent et en blouson zippé.

# Soleil d'hiver

Une belle journée d'hiver est une surprise, un petit bonheur volé au calendrier, une exception insolente et jouissive qu'il faut vivre avec doigté.

Dès novembre, tout nous incite à oublier le soleil, à affronter le dedans et le dehors avec un esprit de lutte contre le froid, contre l'humidité, contre les vents glacés. Quand par hasard le ciel se met au clair, quand le soleil bas luit dans l'air frais, on dirait qu'il se moque de nous, qu'il brouille les cartes pour nous décontenancer.

Que faire ? Faut-il laisser le manteau à la patère ? Sortir sur le balcon la table de jardin et les chaises sagement pliées dans le placard ? Déboutonner sa chemise ? Ou bien faut-il se méfier, garder un pull à portée de main et ne pas se réjouir trop tôt ?

Le soleil d'hiver, petit farceur, remet tout en question. Il bouscule notre mauvaise humeur, brave la morosité, taquine notre envie de travailler et contrarie le choix de la couleur de nos vêtements. On ouvre le placard ; tous ces gris, ce marron et ce beige sont-ils adaptés à la pure lumière nordique de ce matin ensoleillé qui rappelle les minois des Danoises ou des Norvégiennes en bonnet rouge et vareuse bariolée ? Comment honorer le coup de jeunesse que cette belle journée nous donne subitement ? On envie le fard à joues naturel des blondes Scandinaves, elles sont équipées, dirait-on, pour accueillir le beau temps hivernal tandis que nous nous effaçons, avec notre teint d'où tout hâle de vacances a disparu, dans la grisaille de nos hivers.

Au fond, il nous dérange, ce fugace soleil d'hiver. On n'est pas habitués, pas préparés. Il perturbe nos prévisions, notre habitude de ne pas être trop voyants, de nous fondre discrètement dans le paysage sans ombres, sans contrastes de nos climats « tempérés », qui ont leur charme, entendons-nous. Les poètes trouvent des beautés à toutes les lumières, même aux purées de pois londoniennes.

En prenant un café, ou allez, une menthe à l'eau, pour rappeler les soifs de l'été, à une terrasse promptement montée par le cafetier, on se sent clandestins, abusifs. Les squares se remplissent de jeunes qui veulent profiter à tout prix de l'embellie, ils essuient les bancs mouillés avec leurs écharpes et s'enivrent des rayons du soleil tardif. Gare aux rhumes, aux lumbagos, aux courbatures et à la toux. Ce petit soleil-là est un traître ! Il promet mais ne tient pas.

Je vois le ciel à travers les vitres de ma véranda : quand les traînes de nuages se déchirent et font apparaître le bleu, quand le soleil me nargue, je ne me laisse pas enjôler, je le salue en lui offrant le poil dressé de mes chats, accroupis et ronronnants sur le bord de la fenêtre.

# Les dictons frileux

La sagesse populaire s'exprime dans les milliers de phrases du langage courant retransmises à travers les temps et dont nous vérifions la pertinence chaque jour. Qu'en avril il ne faille pas se découvrir d'un fil et que la première hirondelle ne fasse pas le printemps, nous le constatons. Que l'union fasse la force et qu'un homme avisé en vaille deux aussi.

Cependant il y a une série de dictons qui m'exaspèrent. Ce sont tous ceux qui exploitent la peur, ceux qui reflètent la partie noire de l'âme humaine, celle qui se méfie, qui ne se donne pas, celle qui se protège en accusant les autres et en ne faisant pas confiance à l'avenir. Les dictons frileux, en somme. « On ne se refait pas », « Qui vole un œuf vole un bœuf », « Il n'y a pas de fumée sans feu », « Un tiens vaut mieux que deux tu l'auras », « Avoir le beurre et l'argent du beurre, ou le tonneau plein et la femme ivre ».

On peut très bien avoir chapardé en étant enfant et devenir le plus honnête des adultes, de même qu'on peut avoir été un enfant modèle et devenir un tueur. On peut avoir été un voyou et entrer dans les ordres plus tard, ou se consacrer à l'humanité souffrante dans une organisation humanitaire. Tout comme on peut virer dans la malhonnêteté au contact d'un groupe de bandits, même du genre costume-cravate... On peut très bien réussir une affaire et investir intelligemment dans une autre, tout aussi florissante, sans douter, culpabiliser ou se censurer. La vie n'est pas si rigide, si implacable que le disent ces dictons-là. On change, on évolue, on apprend, on régresse, on a de la chance, des malchances, des accidents, des révélations. Tout réside là : naviguer entre les intempéries et composer un destin avec les données qui nous sont propres. La fatalité n'existe pas. Chacun peut lui tordre le cou, et certainement pas en se réfugiant derrière les conseils timorés de la crainte populaire, exemple : un sou est un sou, à chaque jour sa peine, un clou chasse l'autre, vivons cachés car tout se paye, et gare au chat noir qui traverse.

La plus terrible de ces locutions est : tel père, tel fils. Quelle dictature ! Quel conditionnement ! Alors que toute l'aventure de la croissance est précisément de se trouver, de chercher en soi des raisons de vivre qui échappent au moule familial et social. Le bonheur c'est la liberté, c'est se connaître, s'accepter et s'aimer un peu. Si d'emblée on vous colle le devoir de prolonger le destin paternel, ou maternel, on vous tue d'avance. Rien n'empêche, par la suite, de reconnaître des ressemblances, des affinités avec les parents, mais librement, pour le plaisir. Ce n'est pas une obligation. On passe l'enfance à vouloir contenter son papa et sa maman, mais on ne commence à les aimer (ou pas) que quand on s'est débarrassé de leur influence, dès qu'ils deviennent des personnes à part, distinctes et dégagées de nous. Alors on dit qu'on a coupé le cordon, qu'on lâche les amarres, qu'on respire l'air du large, à voiles déployées, et qui ne tente rien n'a rien, la chance sourit aux téméraires et de toute façon la vérité appartient aux fous et aux poètes, car tant qu'il y a de la vie il y a de l'espoir !

# Le manteau

On s'était dit : plus jamais. Le manteau est un vêtement archaïque, démodé, pesant, encombrant dans les placards et coûteux. On s'en passera. Vive les blousons, les doudounes, les vestes en daim et les grands châles.

Chaque année on se dit ça, et chaque année la tentation revient. Un bon petit poil de chameau, ou un cachemire bleu marine, si léger, si chaud, n'est-ce pas d'un chic éternel ? Alors on repart à la chasse. Long ? Court ? Signé ? Dégriffé ? Réversible ? Anglais ? Italien ? Japonais ? Premier trouble.

Puis l'épreuve des prix. Tous les prétextes sont bons. Le tissu est ceci, ou cela, la longueur est exceptionnelle, la couleur « mode », la doublure en soie sauvage. Les doutes commencent. Les longs battent les chevilles et font trébucher dans les escaliers, vous avez le souvenir d'une certaine redingote il y a quelques années... Les courts laissent apparaître la jupe qui ne va pas du tout avec. Les moyens sont tristes. Les légers sont trop légers, les lourds trop lourds, les jolis trop habillés, les sport trop militaires. Quel casse-tête ! On sort de chaque magasin perturbée et sans conviction. Un manteau, c'est un achat sérieux. C'est une rencontre avec la femme que vous serez cet hiver, avec vos intuitions météorologiques, avec vos résolutions. Cette année vous serez col roulé, tailleur ou casaque ? Vous serez sage, sexy, rebelle ou enfant ? Vous serez sushi, confit de canard ou carotte râpée ? Le choix du manteau dépend de tout cela.

La carte bleue reste serrée dans votre portefeuille et vous rentrez à la maison, éprouvée par l'inquiétude et la prudence. Vous pensez à une retoucheuse pour revoir les épaules du vieux manteau noir qui n'est pas si vieux après tout, un classique comme on n'en fait plus.

Et un jour vous passez devant une vitrine à côté du bureau et vous LE voyez. Il est là, ample et souple, austère et coquin, irrésistible. Il coûte deux fois plus cher que tous ceux que vous avez vus jusqu'ici, il n'y a aucun espoir de ristourne car il vient d'arriver, d'ailleurs il n'y en a plus qu'un, et si vous ne vous décidez pas...

Vous sortez, un peu honteuse mais fière de votre nouvelle peau, de cette nouvelle identité, celle de la femme inconsciente qui dormait en vous, réveillée par un coup de foudre.

# O Tannenbaum !

L'attente de Noël, si grisante et si forte pour tous les enfants ! Pour les grands aussi. J'avoue sans aucun complexe que chaque année je redeviens petite fille à l'approche de Noël, que les souvenirs de toutes les fêtes passées me reviennent avec l'odeur des pommes de pin, des aiguilles de sapin, des bougies, de la cannelle et même des mandarines. Je ne passerais pas un 25 décembre sans sortir les guirlandes et les boules des cartons où je les ai soigneusement emballées l'année dernière, fin janvier, le plus tard possible, pour faire durer l'air de bal populaire que prend toute ma maison en cette période de l'hiver, comme une femme en robe du soir et fausse rivière de diamants qui brillent un peu trop. Je ne passerais pas un Noël sans fabriquer de nouveaux petits sujets pour le sapin, avec du coton, du fil de fer, de la colle et du papier crépon de toutes les couleurs. Je ne passerais pas un mois de décembre sans descendre de l'étagère du haut de la cuisine — oh, là, là, il faut en profiter pour enlever la poussière et même donner un coup d'éponge — tous les vieux livres de cuisine avec les recettes de l'oie rôtie, de la dinde aux marrons, du canard farci que je connais parfaitement mais que je fais semblant d'avoir oubliées pour le plaisir de les relire, de soupeser longuement laquelle je vais choisir cette année, combien serons-nous, voyons, chacun annonce qu'il ne sera pas là et on se retrouve toujours à dix autour de la table, ravis de répéter les vieux rites, les bonnes traditions familiales.

Et chaque année les conversations sont les mêmes : le foie gras est meilleur que celui de l'année dernière, mais celui d'il y a quatre ans, quel régal, inoubliable, où l'avais-tu pris déjà ? Et le chapon, c'était du Bresse ou pas, tu te souviens celui qu'on avait loupé chez maman, dur comme du caillou et aucun goût, je fais bien attention maintenant quand j'achète une volaille, je lui demande ses papiers, nom, prénom, date et lieu de naissance... !

Choses déjà vues, déjà dites et qui pourtant font

reculer la peur du temps qui passe, celui justement qu'on nous met sous le nez continuellement avec ces horloges à l'envers qui nous rappellent, comme si on ne le savait pas, qu'une nouvelle ère arrive. Moi, je préfère dire une nouvelle boucle, la volée suivante d'une spirale. Ça tourne. Ça se déroule. Rien n'est jamais pareil, rien ne revient, mais tout recommence. La mémoire est là pour nous rattacher à notre base de lancement, à nos premières émotions, nos premières découvertes, et ces premières marques nous servent ainsi d'amarrage au cours de toute la vie, nous les retrouvons chaque Noël, heureux et rassurés, avec nos cœurs d'enfants.

# L'amour en hiver

On a beaucoup chanté l'amour au printemps, les sens qui s'éveillent, le corps qui se libère, puis les rencontres de l'été, l'éclosion des passions dans la chaleur des vacances et la découverte de lieux nouveaux, de lits d'hôtel, de chambres inconnues.

Moi je leur préfère l'amour en hiver, l'amour qu'on connaît, qu'on a choisi et qu'on décide, au creux de la maison où on vit. L'amour dans la chambre où chaque objet raconte qui vous êtes, où la décoration a été bousculée par l'accumulation de tous les trucs qu'on ramène du monde extérieur et qu'on ne sait pas où mettre, des livres à lire, des sacs à réparer, des montres cassées et des photos de l'été précédent.

J'aime l'amour au son de la pluie sur le toit, du

crépitement du feu dans la cheminée, des premiers chantonnements des radiateurs. L'amour en lainages, en duvet, en bains chauds, en tasses de bouillon. C'est celui qui dure, qui s'installe, qui réchauffe mais ne brûle pas, qui gomme le temps et qui croît lentement, sans s'emballer comme le font les folles vignes vierges de juillet.

Cet amour-là, je l'attends avec confiance et curiosité. Il occupe mais n'envahit pas. Il me laisse vivre et je le laisse vivre. Il me conduira doucement de l'automne à Noël, il sera là tous les jours, suivi, profond. Les gestes commencent le lundi, se prolongent le mardi, le mercredi, se répètent le jeudi et ne finissent pas, retrouvailles sans cesse renouvelées jusqu'au dimanche. C'est l'amour pas à pas, qu'on mesure à une succession de points qui font à la longue une belle ligne droite.

L'amour en hiver n'est pas l'amour fulgurant, fragile, éphémère, déchirant. C'est l'amour sans tapage, sans grandes déclarations, l'amour marathon qui se consomme tous les mois en R. C'est l'amour essentiel que je soigne, que je garde jalousement. Celui dont on ne parle jamais. Nous savons combien il est rare, et qu'il faut avoir un peu vécu pour en apprécier le charme infini.

# Saints à vendre

Je vais aborder une question délicate. Celle de la représentation de nos images sacrées, de l'utilisation des symboles de nos religions occidentales. Paris s'est tapissé, pendant quelques semaines, d'un Christ géant sans visage qui annonçait un grand spectacle de théâtre. Immense, il recouvrait toute la façade de l'église de la Madeleine, à Paris, face à la rue la plus fréquentée de la capitale. Le fond rouge flamboyant embrasait la silhouette aux cheveux blonds, qui dans ce quartier de la mode, faisait penser à une publicité pour un parfum ou un shampooing. A l'approche de Pâques, la plus grande fête chrétienne, on a dû penser que cette évocation tonitruante serait de circonstance.

Je ne suis pas tant indisposée par le mélange des

genres, la publicité et le prosélytisme, que par la faiblesse culturelle de cette affiche grossièrement dessinée, dans un réalisme de BD pour les livres de catéchisme à l'américaine. Ma mère a travaillé quelque temps pour l'église américaine de Paris, quand j'étais adolescente, et pendant les heures où je l'attendais dans la bibliothèque, je consultais les ouvrages pour les jeunes. Les illustrations rappelaient les dessins animés de Walt Disney, les apôtres ressemblaient à des acteurs de cinéma et Marie-Madeleine avait un décolleté qu'Ava Gardner aurait envié. Tout mystère, toute distance étaient absents de cette iconographie qui se voulait populaire mais qui n'était déjà pour moi que simpliste et peu inspirée.

Le message de ce Christ monumental, comme celui des grandes croix bleues, du Corcovado de Rio ou des Madones en haut des montagnes, est ambigu. Veut-on nous convaincre de la puissance divine, ou de la petitesse humaine ? Veut-on plaire à Dieu ou acheter sa Miséricorde ? Affirme-t-on qu'un Dieu est plus fort que les autres, le nôtre, puisqu'on a eu l'autorisation de le représenter en version colossale ? Qui autorise cet affichage ? Les plus riches ? Les plus branchés ? Les plus audacieux ? Notre foi en est-elle renforcée ? J'ai mes doutes. J'ai toujours associé la religion à l'art.

Pendant des siècles de christianisme, ils étaient interdépendants. Giotto, Cimabue et les icônes de Roubliov continuent à nous émouvoir. On va les découvrir dans le secret des églises, des musées. On fait un petit effort, la culture est une conquête. Faut-il que l'histoire de Jésus ne soit pas assez inouïe, pas assez actuelle pour qu'on la raconte avec tant de fracas ? Pourquoi l'art est-il absent aujourd'hui de nos représentations de la foi ? Peut-être parce qu'on les mêle trop à la quotidienneté, qu'on s'en sert à des fins triviales et que l'esthétique de la télévision, du spectacle de variété et des clips gagne aussi. Quel dommage. Un domaine, un seul, pouvait échapper à la nécessité d'accrocher l'attention, de séduire le plus grand nombre, à tout prix, selon les lois du commerce et du marketing. C'était la sphère antique et intime de nos images saintes qui gravent dans notre inconscient ces modèles de beauté et de spiritualité sans lesquels on ne peut pas vivre.

# Vœux à la carte

Cette année je n'ai envoyé aucune carte de vœux. J'ai fait grève. Obstruction. Je dirais même : opposition. Et ça va continuer, parce que nous y revoilà, ça recommence : Pâques, la Fête des Mères, des Pères, des Grands-Parents, bientôt, des maîtresses d'école, des oncles, des tantes, des cousins, des cousines, et pourquoi pas des boulangers, des pâtissiers, des gentils flics de quartier, des postiers et des éboueurs ? Chacun mérite bien sa petite fête et peut, à loisir, nous culpabiliser une fois par an parce qu'on n'est pas reconnaissant, qu'on ne pense pas assez à eux.

Cet usage anglo-saxon à forte connotation commerciale s'infiltre sournoisement dans nos usages d'année en année. On doit se masquer comme à Las Vegas à Carnaval, encombrer la maison de citrouilles et se grimer pour Halloween, mettre un béret rouge et vert pour la Saint-Patrick. Et envoyer les maudites cartes de vœux.

Mes raisons de résister sont nombreuses. Premièrement, tout ceci est fort coûteux, la moindre misérable carte vaut dix francs, quelquefois sans enveloppe. Et sans timbre. Tarif spécial, car les cartons sont lourds. Il faut aller à la poste pour les affranchir. Tout un boulot. Deuxièmement, allez trouver une carte à votre goût ! Les vilains petits canards et maintenant les monstres de la télévision prolifèrent. Les dessins peu variés réduisent nos pensées à un canular grossier qui ne nous convient pas forcément. S'il faut se rabattre sur les éternelles reproductions des trésors du Louvre, vous me direz où est l'originalité... Troisièmement, ces festivités nouvellement introduites dans nos calendriers n'appartiennent pas à nos cultures et nous les appliquons sans nuances, en les estropiant sans doute, en les confondant dans l'esthétique des foires modernes, toutes envahies d'objets made in Hong Kong ou Taiwan. Enfin, et croyez-moi ce n'est pas mon dernier argument — je serais intarissable sur le sujet de la pagaille culturelle dont nous sommes étourdis —, quoi écrire (dans le peu d'espace que laissent les illustrations et les inscriptions) aux amis auxquels on a déjà souhaité une bonne année, un bon anniversaire ou un prompt rétablissement il y a moins d'un mois ?

Je préfère prendre le temps d'écrire une lettre, d'envoyer un E-mail ou un petit dessin fait sur le coin d'une nappe en papier dans un bistrot. Je préfère célébrer la pleine lune, l'éclosion du premier bouton de pivoine sur ma terrasse ou la fin d'un crédit épargne-logement ! Je préfère offrir un brin de muguet au 1er mai, des chocolats à Pâques et un grand bouquet de tulipes du marché à la Fête des Mères, quitte à être banale. J'aime surtout surprendre mes amis et débarquer avec un livre insolite, un pot de confiture maison ou un joli cadre avec une photo de leurs enfants que j'ai fait agrandir et qu'ils avaient oubliée. Les fêtes, je les décide moi-même, avec mon cœur, mon imagination et mon humeur du jour. Tout geste obligatoire me paraît artificiel et forcé. Mais que les stakhanovistes de la carte de vœux s'adonnent à ce vice moderne, d'avance je les prie de m'excuser si je ne réponds pas...

# Attendre

Il semblerait que ce soit synonyme de « condition humaine ». Toute la vie, on attend. Le résultat d'un examen, d'un concours, d'un test de grossesse, d'une prise de sang. On attend une réponse à une lettre, à une phrase, à une demande de travail, de logement, de prêt, d'adhésion à un club, à un mouvement, à une invitation. On attend une bonne nouvelle, un numéro gagnant au loto, une récompense, un geste d'affection. Comme en morse, il y a les signaux et les pauses entre les signaux, plus longues ou plus fréquentes. Les signaux se font attendre, et quand ils arrivent, ils sont brefs, il faut se dépêcher de les capter.

A croire que l'épreuve principale de notre existence

est précisément notre résistance à l'attente. Il ne faut pas se démonter, se décourager, s'énerver, se lamenter, s'impatienter. Les Orientaux ont un avantage sur nous, avec leurs philosophies de l'endurance et de la non-violence. Nous bouillons tandis qu'ils méditent. Nous cachons nos sentiments tandis qu'ils abolissent les leurs. Nous forgeons notre caractère à cet exercice, et d'aucuns pensent que le bonheur n'est que l'arrêt (momentané) de la souffrance, des instants de joie sporadiques qui couronnent une longue et patiente attente. Les enfants attendent Noël en comptant les jours jusqu'à la distribution des cadeaux. L'agriculteur sème en automne et attend tout l'hiver, inquiet de voir poindre les pousses au printemps. Le politicien fait campagne et attend les élections qui, en un jour, décideront de son sort. Les électeurs eux-mêmes attendent un homme nouveau, un messie qui changera leur vie...

Et si la vraie vie était là, dans ces moments d'attente, dans ces eaux incertaines où rien n'est encore défini, où tout est possible ? Si les réponses, les solutions n'étaient que des pics d'ébullition où la réalité se transforme en vapeur, quelque chose d'éphémère et de volatile qui va vite retomber ? Si les objectifs que nous nous posons n'étaient que des prétextes pour baliser le temps qui nous est imparti, avec l'illusion de « construire », alors que dès notre premier cri nous commençons à nous consumer en un inéluctable compte à rebours, sans victoire et sans réponse ?

Et pourtant j'attends de voir, pleine d'espérance et de curiosité, ce que la Nouvelle Année me réservera. J'attends la réalisation de mes projets, la suite de mes entreprises, les conséquences de mes choix passés. Tout peut arriver. Rien ne sera tel que je l'avais prévu. C'est pour cela que je continue à attendre, fébrile et têtue !

# Éloge de la solitude

Beaucoup de clichés circulent sur la solitude. Il faudrait d'abord définir sa nature. Le prisonnier la subit tandis que le moine la recherche. Si elle est un fléau pour certains, elle peut être une aspiration pour d'autres, un bien précieux que le monde actuel ne nous accorde pas toujours.

Les médias veulent nous apitoyer avec le drame de la vieillesse solitaire, mais si vous interrogez la plupart des personnes âgées qui vivent seules, vous découvrez que leur situation ne leur est pas forcément imposée, qu'elle est au contraire un aboutissement, le fruit d'un choix longtemps attendu. A un espace étriqué dans une famille nombreuse ou dans un centre d'accueil bondé, on préfère l'isolement d'un petit appartement individuel, d'un studio ou même d'une chambre dans une pension. A l'abri du bruit, du remue-ménage et du stress des personnes actives. Loin des regards impatients ou pessimistes. On a envie de faire les choses à son rythme, sans être observé, jugé, jaugé. L'inquiétude des enfants est parfois pesante. Dort-il ? Mange-t-elle ? Prennent-ils leurs médicaments ? Que faut-il faire pour eux ? Les bobos du vieillissement sont bons à vivre seul, à l'écart des yeux jeunes et bien portants. On a droit à la pudeur de ne pas les montrer, à garder des petits secrets, qui ne sont souvent que des secrets de Polichinelle.

Il y a bien sûr la solitude non désirée des personnes qui n'ont plus personne, ou très loin, dans un autre pays. Il y a la solitude de la pauvreté, qui vous assigne à un périmètre étroit, faute de moyens pour en sortir. Pourtant certains se font des amis dans toutes les circonstances et d'autres s'enferment dans une incommunicabilité caractérielle où ils se sentent finalement plus à l'aise.

Je ne redoute pas les moments de solitude. Je passe ma vie au milieu des gens et je savoure comme un luxe une journée où le téléphone ne sonne pas, où on m'oublie, êtres chers et emmerdeurs confondus. J'aime ces journées sans regarder l'heure où le temps s'étire à sa vitesse naturelle. Je profite de ces rares durées pour mettre de l'ordre dans mes pensées, pour faire le tri dans mes projets, pour me regarder dans la glace avec honnêteté, prendre la décision d'un régime, d'un soin, d'une mise au point amoureuse, d'un mea-culpa quand j'ai été trop exigeante, trop expéditive, trop pressée. C'est le temps de la réflexion, de la pondération, de la juste évaluation de ce qui m'est nécessaire et de ce dont je puis me passer. C'est le temps arrêté de la spiritualité, on se replace dans le Grand Ensemble, on s'élève au-dessus des tracas matériels et de la demande d'autrui. Nombre de nos actions servent à satisfaire ce que les autres attendent de nous, dans le travail, dans la vie affective. Il est utile de se retrouver seul avec soi-même et de mesurer nos progrès réels, car personne ne sait à notre place ce que nous voulons et ce que nous devons réaliser.

Certains vont rechercher la solitude dans les monastères ou dans les églises, ou bien dans les longues marches à pied. D'autres se retirent dans la musique, opéras à toute puissance dans les walkmans, d'autres aiment rouler en voiture, dévider les kilomètres pour être seuls dans le mouvement. La solitude est un besoin. Les créateurs n'existeraient pas sans elle. Henry Miller et Nathalie Sarraute écrivaient aux terrasses des cafés, isolés par la rumeur de la vie. La solitude est une amie fidèle, une confidente qui révèle le meilleur de nous-mêmes et nous protège de l'ingérence toujours plus pressante du monde extérieur.

Il n'y a pas de lumière sans ombre, pas de musique sans silence, et pas de conscience sans solitude.

# Le carnet d'adresses

Parmi les résolutions de ce début d'année, je me suis promis de recopier mon carnet d'adresses. Je redoutais cette opération, non seulement à cause de l'épaisseur du carnet, de l'enchevêtrement des noms et des adresses écrits à des moments différents, avec des plumes différentes et des vitesses différentes, quelquefois en toute hâte, en gribouillis abrégés, quelquefois en majuscules encombrantes, mais surtout j'appréhendais cette immersion dans le passé, le mien et celui de toutes les personnes qui ont atterri dans ces pages aux coins usés.

Que d'absents, que de disparus, que de traîtres, d'envolés, de décédés, de divorcés, de brouillés, vieillis, oubliés, éliminés. Une nostalgie de « Temps retrouvé » s'empare de moi et me cloue à mes souvenirs en relisant ces noms figés dans le temps, un autre temps dont je revois des flashes, parfois l'instant même où j'écris l'adresse, où je parle avec le nommé, où nous faisons des plans, des projets, des invitations. Où sont-ils, tous ces petits geysers d'espoir et d'amitié, que sont-ils devenus, quelle trace ont-ils laissée, en dehors de ce nom griffonné sur une étroite ligne d'agenda ?

Un grand ménage s'impose, sans doute salutaire mais douloureux. Que reste-t-il de l'énergie investie sur chacun de ces noms, des pensées, des attentions, des désirs ? Un goût de cendres et de non-accompli, d'illusion perdue. On passe sa vie à tenter, à espérer, à échafauder. Avec les autres. A cause des autres. Une rencontre, une ouverture sur un monde ignoré, peut bouleverser le cours de notre vie. Mais pour une de ces illuminations, une de ces découvertes fondatrices, que d'avortements, que de déceptions...

Heureusement, il y a le noyau dur. Les stables. Les fidèles. Le premier cercle. Ceux-là ont le même numéro depuis dix ans, avec un 4 ou un 01 en plus. S'ils changent de numéro, on l'a su tout de suite, la correction est clairement superposée à l'ancien numéro. A y regarder de près, ils appartiennent à la même famille : celle du cœur, de l'amitié désintéressée et chaude. Les proches. En premier lieu ! les frères, les sœurs et les cousins, avec lesquels on se chamaille à Noël mais qu'on aime sans marchandage et sans hésitation. Puis il y a les amis véritables, ils sont peu nombreux, on les a mis à l'épreuve dans les moments difficiles, ils ont été, ils sont l'appui le plus solide de notre édifice intérieur.

Les autres, les amants, les amours, les coups de foudre professionnels, les associés enthousiastes, les talents fascinants, les admirateurs et les partenaires exceptionnels (croisières, travail, batailles politiques), tous se sont évanouis dans une distance cotonneuse et triste même s'ils habitent peut-être à deux pas de chez moi. A part les personnes publiques dont j'ai des nouvelles par la presse, je ne sais plus ce que tous ces gens sont devenus. L'amertume n'est pas dans mon caractère, mais je dois être sincère, l'épluchage de mon carnet est un crève-cœur.

Aussi je le referme et je décide de ne pas le recopier. J'en ai commencé un tout neuf avec ce millénaire, et je tâcherai de n'inscrire dans ses pages vierges que des personnes que j'aime, qui m'aiment, et qui à leur tour auront plaisir à mettre ma nouvelle adresse dans leur carnet.

# Dîner de filles

J'ai retrouvé une amie que je n'avais pas vue depuis quatre ans. Elle m'a appelée, on a décidé de dîner toutes les deux, en filles. J'étais un peu inquiète, on se demande toujours comment le temps a passé sur les gens qu'on aime bien, où ils en sont, quelles épreuves ils ont traversées et quelles plumes ils ont perdues au passage. Je savais vaguement qu'elle avait eu des moments difficiles, mais rien de précis.

Dès qu'elle est entrée dans la pièce, j'ai été rassurée. Tout se voit sur un visage, tout se ressent avant même de comprendre. Ce soir-là, je lui ai trouvé un charme, une douceur qui ne lui étaient pas habituels. Quelques rides en plus, une rondeur autour du menton, mais une lumière évidente dans le regard. Nous avons bavardé, nous avions du temps à récupérer. Je parlais comme une pie, tâchant de décrire avec humour les péripéties de ces dernières années. Elle m'écoutait, amusée, se préparant à la confidence. Elle me révéla en effet qu'elle avait été malade mais que c'était du passé, et qu'elle vivait actuellement une réussite professionnelle spectaculaire. Elle ajouta, avec modestie : tu sais, je n'y suis pour rien, on peut être pris dans un tourbillon de succès sans en être tout à fait responsable, comme on peut tomber dans une spirale de malchance totalement injustifiée !

Et puis elle m'a dit, dans un souffle : je suis amoureuse. La voilà, la nouvelle qui expliquait tout, qui transformait cette femme sérieuse et discrète. Soudain, à quarante-cinq ans, elle rencontrait l'amour. Juste après la maladie. Après avoir craint pour sa vie. C'est un garçon un peu plus jeune qu'elle, quatre ou cinq ans seulement, tendre et attentif. Ils travaillent ensemble et partagent les heures de la journée. Le soir elle rentre chez son mari. Pour l'instant. Elle lui a parlé, ils décideront quoi faire. En personnes civilisées, amis et respectueux l'un de l'autre. Il est malheureux mais il a compris qu'elle n'était plus la même. Ils essayeront d'affronter ce bouleversement sagement, sans traumatisme ni dispute. Ça existe aussi, les séparations harmonieuses. Il faut beaucoup d'amour d'un côté et de l'autre.

Elle me raconta que le quotidien avait pris pour elle un goût, une couleur qui avaient modifié son regard sur le monde extérieur. Curieuse et intriguée, elle attend le lendemain avec impatience, elle accueille les événements positivement, voyant toujours le bon côté des choses, sans se forcer, avec le plus grand naturel.

C'est ça, le bonheur. Aimer, se savoir aimé rend invincible. On prend confiance en soi, on a moins peur de l'avenir et il n'est pas rare, contrairement au dicton, que le succès en amour s'accompagne des autres succès, argent, carrière, notoriété. Car l'amour n'est pas une loterie. C'est une conquête personnelle, une prise de conscience, une victoire sur soi et sur l'adversité. C'est à ce prix-là qu'on le rencontre.

# Le dimanche pour soi

Certains le redoutent, le fuient en dormant, d'autres le remplissent, d'autres encore le savourent. Je suis de cette dernière catégorie. Je ressens le dimanche comme un temps à part, suspendu, non comptabilisé, et je refuse de le traiter comme un autre jour, avec des horaires, des engagements et des traversées de la ville en voiture pour les tenir.

Le dimanche, c'est pour moi le jour des longs coups de téléphone aux amis lointains, à l'étranger, mais aussi à un fils qui vit ailleurs et qui a besoin de se confier, à une sœur avec laquelle je n'ai pas réussi à parler de la semaine. C'est le jour des conversations en robe de chambre, plus bavardes que prévues et qui m'amènent au déjeuner sans avoir fini le petit déjeuner. C'est le jour des lectures pirates, debout contre le radiateur : un article dont j'avais retenu le titre dans une revue, les dernières pages d'un roman que je n'ai pas encore commencé, une brochure publicitaire pour l'ordinateur que je convoite, les recettes de jardinage dans un calendrier offert.

C'est le jour de la perte de temps, du vagabondage, et sapristi en rangeant une serviette je me mets à ranger tout le placard, je fais des piles de la même taille, de la même couleur, c'est si joli à voir. C'est le jour où je taille mes crayons, où j'essaye un nouveau cirage pour mes chaussures vernies, où je jette des médicaments périmés, où je colle des étiquettes sur les pots de confiture recyclés pour ne plus confondre le sel du sucre, le riz arborio italien de l'arroz espagnol. C'est le jour où j'essaye les robes que je ne mets jamais pour décider de leur survie dans cette armoire, où je me pèse, où je m'engueule généralement, où je vérifie par quelques mouvements de gymnastique l'état de mon dos. C'est le jour où je ne fais pas mon lit parce que peut-être, tout à l'heure, on ira regarder un film sous la couette, on se parlera en position allongée, on parlera de tout et de rien, car se parler couché dans la journée ce n'est pas la même chose, on ne se dit pas les mêmes choses, on peut déboucher sur des sujets cruciaux sans l'avoir prévu.

Le dimanche, c'est le jour-éponge qui absorbe les petites fuites des autres jours, le fameux goutte-à-goutte qui finit par remplir des bassines de ras-le-bol. C'est le temps intermédiaire qui cimente et qui panse en douceur. Le dimanche, c'est le jour très utile des choses inutiles qui nous baladent d'un coin à l'autre de notre univers intérieur. Un jour, c'est bien peu... Il en faudrait deux, trois même, pour mieux se connaître, pour écouter ceux qui vivent près de nous. Le dimanche est un jour intime où on n'attend rien, c'est le jour où on s'aime. Et il faut du temps pour ça.

# Emballant

Quoi de plus énervant que les emballages. Ils sont faits pour nous séduire, pour exciter l'envie d'acheter, pour protéger ce qui est dedans, pour nous rassurer sur sa fraîcheur et censés nous faciliter la vie. En réalité, ils cassent nos ongles, écorchent nos mains, irritent nos nerfs, nous font dire des gros mots et finissent à la poubelle, dans un grand accès de rage, quand enfin on est arrivé à s'en débarrasser.

Je passerai sur les films des paquets de cigarettes, crise de nerfs assurée pour les accros, mais ceux-là n'ont qu'à arrêter de fumer. Mais que dire des pellicules protectrices des cartes de parking, des cartes orange, des CD, des journaux avec supplément, des chewing-gums dentaires, des paquets de mouchoirs en papier, des préservatifs, des chocolats individuels, des biscottes à l'unité, des bas et des collants, des livres en grandes surfaces, et j'en passe ? Ils dévorent des minutes précieuses de notre temps et de notre patience, résistent à nos assauts désordonnés, puis se déchiquettent en petites lamelles sournoises qui collent à nos mains à cause de l'électricité statique. Car inutile de suivre les instructions, si elles sont lisibles, le fil rouge, lui, n'est jamais accessible, et scelle bravement l'objet jusqu'au bout, envers et contre tous.

Dans la catégorie plastiques plus épais, il y a les paquets de pâtes, tenaces et coupants, qui explosent en éjectant tous les rigatonis dans la cuisine, alors que l'eau bout et que les invités attendent. Pourtant, dans ce corps à corps, on a une technique : on commence doucement, scientifiquement, en souvenir des expériences passées, puis on s'agace, on y va un peu plus fort, de plus en plus, d'une manière anarchique, on pense aux ciseaux qui sont accrochés là-bas, et pendant qu'on tourne les yeux pour les repérer, le paquet lâche. Même tarif pour les haricots, le riz, les lentilles, les citrons non traités, les salades en sachet, les fromages râpés et la vanille.

Et puis il y a l'artillerie lourde : les plastiques

moulés. Les paquets d'ampoules, les emballages de piles, d'instruments de bricolage, de clous, vis et chevilles. Il existe deux espèces de carapaces : celles qui sont en deux coques agrafées, impossibles à détacher. Au mieux on se prend une agrafe dans le pouce, ou on se coupe avec le cutter. Et les sous-vide, les plus perverses, car elles épousent la forme de l'objet qu'elles emprisonnent, et allez pénétrer ce coffre-fort, une chignole ne serait pas de trop.

N'oublions pas les boîtes de conserve, les ouvre-boîtes qui renâclent, les couteaux qu'on abîme. En désespoir de cause on se rabat sur les tournevis, les pinces et les marteaux, et quand il y a une languette incorporée, soyez sûr qu'elle cassera, comme les canettes de bière ou de Coca-Cola, les boîtes de thon et d'anchois. Quant aux bocaux, cornichons, moutardes, confitures et fruits au sirop, ils nécessitent des pinces-ciseaux-équerres bizarres pour main de géant qui ne concluent rien, une petite tape sur le cul du bocal est encore la seule bonne vieille méthode qui marche.

Heureusement, les produits de beauté nous consolent de tous nos déboires. Que de jolies boîtes, de gracieux flacons, de lignes ingénieuses, de formes tentantes, de couleurs osées ! On a du mal à jeter les cartons, et encore plus les bouteilles, quand elles sont vides. Ils sont doux à la main, ils décorent les étagères de nos salles de bains, nous mettent au goût du jour et nous disent : tu vas être belle.

# Éloge de la non-coquetterie

Ma grand-mère ne se regardait jamais dans la glace, et quand elle essayait un chapeau chez le chapelier, elle disait : « Ça me va bien » quand elle le sentait bien sur sa tête. Aucune coquetterie. L'important, c'était que le chapeau ne s'envole pas mais qu'il ne serre pas le front non plus. Évidemment, il y avait une forte influence religieuse dans cette absence de vanité, une femme mariée n'a pas à être séduisante, les parfums et les fards sont pour les femmes de petite vertu, les couleurs vives et les décolletés interdits. Elle était très pieuse. Mais c'était aussi sa nature : elle n'était tout simplement pas coquette.

J'en connais quelques-unes de ces femmes-là. Pas maquillées, les cheveux en bataille ou d'une coupe qui ne les avantage pas, choisie par le coiffeur du quartier plus que par elles-mêmes. Elles tentent d'assortir les couleurs, pensant qu'avec une jupe verte il faut mettre un chemisier vert et un foulard vert, qui ne sont jamais les mêmes et qui créent une cacophonie en vert à grincer des dents. Elles osent rarement les couleurs voyantes, ou les modèles de chaussures contemporains, mais elles peuvent soudain arborer une paire de lunettes blanches ou dorées qu'elles ont achetée par erreur dans un grand magasin. Elles savent que ça ne leur va pas du tout, mais elles s'en fichent, elles ne se voient pas, on ne va tout de même pas les juger sur une paire de lunettes. Elles ont une timidité envers leur corps, une distance qui n'est pas un complexe, mais une indifférence, un manque de curiosité. Elles ignorent leur physique.

Elles ignorent aussi le physique des autres femmes. Elles ne trouvent pas que l'aspect extérieur soit de première importance. Il y a d'autres éléments qui déterminent une personne, le caractère, l'intelligence, le niveau culturel. Les grands personnages de notre époque ne sont pas des prix de beauté ni d'élégance : Einstein, Mère Teresa, Churchill, Arlette Laguiller. Une certaine mentalité tendrait à nous persuader que ce serait inversement proportionnel : plus on a un

Q.I. élevé, plus on est moche, plus on est détaché de la coquetterie. Les beaux sont suspects, ils ne peuvent pas être intelligents.

Je m'inscris en faux, bien entendu, mais il y a un petit fond de vrai. S'occuper de son aspect demande beaucoup d'heures de prospection, de préparation, de connaissances et d'argent. Ceux qui font une croix là-dessus ont plus de temps pour leurs chères études, pour écrire, peindre, penser. Je suis donc attendrie par les non-coquets, et, juste paradoxe, il arrive que nous les imitions. Les coiffeurs recherchent désespérément une couleur approchant les cheveux naturels, jamais touchés par les teintures. Les cosmétiques doivent être invisibles, pour imiter la peau des enfants. Les couturiers, lassés du « bon goût », lancent des lignes heurtées, où les choses ne vont pas ensemble. Une esthétique de la non-esthétique se dessine, d'année en année, une femme trop apprêtée est devenue ridicule. Mais gare à nos jeunes actrices qui cultivent ce nouveau look dépareillé très calculé. Tout est permis, si c'est sincère. Avec un bon shampooing tout de même.

# Les femmes qui plaisent

C'est surprenant. Des femmes pas spécialement jolies rencontrent des succès étourdissants auprès des hommes, tandis que d'autres, très belles, restent sur la banquette. Ma curiosité n'y a pas résisté, je me suis mise à observer les femmes qui plaisent.

Premier constat : les femmes qui plaisent aux femmes ne sont pas du tout les mêmes que celles qui plaisent aux hommes. Il n'y a qu'à juger par les actrices, nos goûts sont souvent diamétralement opposés. Ce qui rend le choix du film à voir quelquefois difficile... Non pas que les hommes préfèrent systématiquement les actrices provocantes et sexy, mais la tendance est forte. Pas générale mais forte. Les femmes aiment chez les femmes l'élégance, la classe, l'intelligence. Peut-être même une certaine froideur, une distance. Les actrices qui se différencient justement du cliché féminin élu par les hommes.

Deuxième constat : être attirante ne tient pas à des caractéristiques physiques précises. Les blondes, les brunes, les minces, les rondes ont toutes leur chance. C'est dans la façon dont elles se présentent au monde que réside le mystère. Le miracle, dirais-je, car cet échange immédiat et tacite est un petit miracle. Pas un but en soi, mais tout de même, un phénomène fascinant.

Ce que toutes ces femmes ont en commun, c'est le regard. Un regard gourmand, curieux, qui scrute et qui observe. Elles sont intéressées par les autres, leur public. Elles veulent déchiffrer les mécanismes de chaque personnalité en face d'elles pour planter leur petite flèche, laisser une écharde, une semence qui grandira dans l'inconscient du pourfendu. Elles ont la curiosité de l'effet qu'elles produisent, car elles s'aiment bien et attendent confirmation de leur pouvoir. Elles sont vives et coquettes, elles ont de l'humour et de la repartie. Elles peuvent ne pas afficher leurs attraits par des décolletés ou des jupes courtes, mais elles se savent observées et leurs gestes ne sont pas neutres. Elles veulent être aimées, désirées, ne laisser personne indifférent. Elles sont sexy même toutes seules dans leur chambre, car elles veulent plaire à leur miroir, à elles-mêmes. Susciter l'attirance sexuelle est la recherche constante de leur identité.

Quelques-unes, malheureusement, nous bombardent lourdement de leurs effets. Chose étrange, ça peut se retourner contre elles, des intentions trop prononcées éloignent le spectateur. Il doit se sentir provoqué, pas incendié. C'est à lui de faire la plus grande partie du chemin, en redoutant mille dangers... Que d'inégalités, parmi ces femmes ! Car là aussi il y a le talent. L'une est raffinée, l'autre fantaisiste, la troisième fragile. La populaire fait la fine, la bourgeoise la culottée. La manière d'attirer l'œil est un révélateur culturel et social. Quoi qu'il en soit, l'envie de séduire est touchante. Elle relève de l'appétit de vie, du désir de se rapprocher des gens, de ne pas être ignorée. C'est plutôt sympathique, non ?

# Les hommes qui plaisent

Contrairement aux femmes, les hommes qui plaisent, à mes yeux, sont précisément ceux qui ne cherchent pas à plaire. Les jolis-cœurs et les dandys, les garçons obnubilés par leur physique et les charmeurs aux phrases de séduction automatique ne font plus un clou. Ils peuvent occuper notre attention passagèrement, pour les observer, pour sourire d'eux, et pour nous dire que décidément ils ne nous plaisent pas. Quand je dis *nous*, je pense évidemment à ma génération de femmes qui n'ont certes pas renoncé à être séduites, mais qui ont défini leurs goûts et leurs exigences, au cours de leurs expériences passées. Celles-là attendent qu'on les surprenne. Et ce n'est pas gagné d'avance...

Il en faut pour nous charmer ! Un homme qui nous plaît doit être clair mais mystérieux, sincère mais pas bêta, ouvert mais pas déchaîné, franc mais subtil, pas forcément beau mais doté de charme, doux mais viril, attentif mais pas collant. Quel que soit son âge, il faut qu'il soit avant tout intéressé par les femmes. Ne riez pas, ça ne court pas les rues... Un homme qui aime les femmes cherche la complicité avec elles, il satisfait la partie féminine de sa personnalité en partageant leurs préoccupations et leurs désirs. Sans se faire violence ni être un apôtre. Avec délectation. Je ne crois pas qu'il faille se sacrifier dans l'amour ni dévier de sa propre voie au profit de l'autre, je pense au contraire qu'une femme ouvre des horizons à un homme, de même qu'à l'inverse un homme offre des idées et des structures à une femme.

Je ne crois pas non plus que la vie matérielle soit exclusivement le territoire de la femme, et la vie intellectuelle le domaine de l'homme. Je connais des hommes qui font admirablement la cuisine et des femmes « du livre » baignées d'abstraction. Je connais des hommes qui recherchent les responsabilités et d'autres qu'elles terrorisent. Il n'y a pas de schéma standard, pas d'« homme idéal » qui aurait des qualités masculines, strictement masculines.

Le monde a évolué. Les femmes, avec leur quête d'indépendance, ont libéré les hommes de l'obligation de paraître forts, sûrs et inébranlables. Nous leur avons permis de réveiller en eux les contradictions qui font la richesse d'un être humain, d'épanouir les différents hommes qui sont en eux, en pleine légitimité. Tendre et cruel, gourmand et stoïque, adulte et enfant, prudent et fou, un homme peut désormais s'assumer sans dommages.

Ce qui nous plaît, au fond, c'est qu'il soit lui-même, sans chercher à ressembler à un modèle quelconque, sans jouer ni au patron ni à l'esclave, et qu'il se montre tel qu'il est avec confiance et bonne humeur. C'est-à-dire qu'il se donne et qu'il nous choisisse comme témoin intime et privilégié de cette foisonnante et merveilleuse mécanique : un homme.

# Vieillir ensemble

Les enfants, c'est connu, vous font prendre des coups de vieux quasiment dès leur naissance. Ils grandissent si vite ! Déjà quatre ans, dix ans, vingt ans, et on se retrouve avec des adultes près de soi qui ajoutent leurs années aux vôtres au vu et au su de tous. Flippant, parfois. On n'en revient pas soi-même. Comment ? Je suis la mère de ce grand gaillard qui a déjà une vie d'homme, des petites amies, une voiture et un compte en banque ? Avant-hier je le berçais dans mes bras, il était ma chose, mon bébé ! Bientôt je serai grand-mère ! J'attends encore des surprises de la vie, des nouveautés et la réalisation de mes projets, je n'ai eu le temps de rien. Les gens font un calcul silencieux sur leur boulier intérieur : voyons, quel âge a-t-elle ?

Avec les enfants c'est vite fait : vingt, plus vingt-cinq au moins...

Ce qui permet de supporter les paquets de mauvaise mer que nous envoient les dates de naissance et les décomptes arithmétiques, c'est le visage de celui ou celle avec qui vous avez choisi de vivre et qui vieillit avec vous. Le reflet patient et minutieux de votre propre visage dans ce miroir quotidien, le retour permanent de ce qui ne *change pas* en vous, de ce que vous entretenez, que vous défendez et qui s'appelle : *vous*. Chaque image de vous se superpose à celle d'hier, presque semblable, pas à une image ancienne, sans doute différente et oubliée. Les comparaisons deviennent relatives, quelquefois on ne s'aperçoit de rien, ou alors on met quelques jours avant de constater une modification. Combien de femmes changent de coiffure sans que leur mari le remarque, et leur adressent d'amers reproches !

Pourtant, cette persistance rétinienne de la cohabitation chez les couples de longue date empêche le temps de passer, de faire ses ravages. Vieillir ensemble, c'est rendre au temps sa durée de fond, son rythme sentimental et humain qui est tout aussi valable que celui des calendriers. Êtes-vous jeune, êtes-vous vieux, êtes-vous dans les jauges, entrez-vous dans les fichiers et les tranches d'âge ? Voilà, en général, les cases auxquelles on veut que vous apparteniez.

Heureusement, il y a l'homme qui partage votre vie. Je revendique le droit tout à fait personnel et poétique de traiter mon compagnon comme au premier jour, comme s'il ne changeait pas, et j'attends de lui qu'il retrouve en moi chaque matin une femme irréelle et éternelle, telle qu'il me désire et continue de me désirer, à la barbe des années qui s'empilent. C'est possible. C'est permis. Ce n'est pas fou. Le temps des autres n'existe pas, seul compte le nôtre, entre quat'z'yeux, et la confirmation, heure par heure, d'avoir une place bien à soi, dans ce regard unique, partial et intemporel.

# Le mariage renouvelable

Les statistiques ne bougent pas : un mariage sur deux capote avant trois ans dans la région parisienne, un sur trois en France. Le succès du Pacs auprès des hétérosexuels le prouve : le mariage n'a plus tous les suffrages. Que lui est-il arrivé, à ce bon vieux mariage tant rêvé, happy end des contes de fées et des grands films d'amour ? Que lui reproche-t-on ? Où bat-il de l'aile ? L'instinct magnifique et exaltant d'un homme et d'une femme qui souhaitent s'unir pour le meilleur et pour le pire, applaudis par la société, reste toujours très fort. Mais aujourd'hui, le cadre proposé ne colle plus aux aspirations.

Le désir d'épanouissement personnel, prôné par les éducateurs, les psychologues, les employeurs et les médias tous en chœur, ajouté à la mobilité professionnelle que les changements rapides de notre époque exigent, a complètement changé la donne. Pour être heureux à deux, il faut déjà être heureux tout seul. Pas forcément grâce à l'autre. Avec son appui, intime et merveilleux, mais pas toujours déterminant. Quand l'un des deux est en panne, l'autre n'est peut-être pas disponible ni équipé pour le seconder. C'est si subtil, si délicat, l'équilibre. Chacun trouve le sien, et ce qui vaut pour moi ne vaut pas pour toi. On ne peut rien imposer, rien dicter. On peut tenter de s'épauler, dans la bonne volonté de l'amour, pourtant ça ne marche pas à tous les coups.

Mais la transformation la plus profonde de la vocation du mariage, c'est le rapport du couple à la procréation. Les affinités, les intérêts communs, les passions comptent autant que l'objectif enfant. La question des enfants est à part. On décide d'en faire au moment où on le souhaite, avec ou sans partenaire, d'ailleurs. Quelle révolution ! Quelle institution, même quadrimillénaire, pouvait résister à de pareilles mutations ? Regardez autour de vous : combinaisons nouvelles, regroupements familiaux originaux. Rares sont les enfants élevés par leurs parents biologiques. Les deux, du moins. Et avec quelle détermination, quelle imagination les familles se recomposent pour répondre aux besoins de chacun.

Je propose une idée neuve qui moderniserait le mariage et lui donnerait un coup de jeune : le mariage renouvelable ! Tous les sept ans, puisqu'on dit que c'est le chiffre critique. Au bout de sept ans soit on se remarie, occasion d'une nouvelle fête (on lancerait les noces de soie, de velours ou de brocart pour chaque renouvellement), soit on ne reconduit pas, par volonté d'un ou des deux conjoints. Sans frais, sans drame, sans traumatisme. Cela modifierait certainement le comportement des époux pendant ces sept années. Savoir que ce n'est pas éternel obligerait certains et certaines à faire un peu d'efforts conjugaux... Et pour ceux qui veulent s'engager pour la vie, l'Église leur donne le lieu de ce serment. Qu'en pensez-vous ?

# L'humanité croche

Qui n'a pas une jambe plus courte que l'autre, une épaule plus basse que l'autre, un œil plus ouvert, un sourcil en pente, une scoliose de naissance qui fait marcher de travers et un nez décloisonné qui penche d'un côté ? Les moins chanceux ont les oreilles décollées, les pieds plats, des taches de lie de vin et des plaques d'eczéma chroniques.

On ausculte un bébé dès sa naissance pour s'assurer que tout est en place, que rien ne cloche. Rien de grave. Rien d'handicapant. Rien qu'on ne puisse déceler tout de suite. Hélas l'autisme, le bégaiement et la dyslexie ne se révèlent qu'avec le langage et l'écriture. Quant aux particularités mineures, elles n'inquiètent pas, elles formeront plus tard ce qu'on appelle « le type ».

Les images d'êtres parfaitement symétriques et élancés que propagent les publicités et les photos de mode sont un rêve de Faust, pour défier la réalité et promettre l'impossible. Il n'y a pas d'être humain tout droit, tout lisse et sans défaut. Il y a la beauté, tout aussi particulière et injuste que la disgrâce de la laideur. Il y a ceux qui naissent avec un physique agréable, de bonnes proportions mais rien ne certifie qu'ils soient sains ou résistants, ou qu'ils ne se déforment pas avec le temps, plus vite que les autres. L'humanité est crochue, tordue, difforme, il suffit de s'égarer dans un bain de foule par un samedi d'un grand magasin, ou au foyer d'un théâtre plein, ou dans une gare un jour de grands départs pour voir défiler les gros, les maigres, les bossus, les visages longs, carrés, aplatis, en biais, les cheveux en tous sens et les formats de crâne les plus divers. Tout existe. On remarque les traits harmonieux et les silhouettes sportives comme une exception, mais si on observe mieux on trouve vite une irrégularité, une dissymétrie qui font le charme et la beauté de la personne. Des esthéticiens ont reproduit photographiquement à l'identique les deux moitiés d'un visage, le résultat est monstrueux et fait peur.

On aime les humains pour leurs défauts, leurs malformations sont touchantes et épicent leur personnalité. Un de mes amis n'est pas très grand et chausse du 45, cela lui donne une allure de Charlot émouvant et comique. Une femme qui a de très gros seins rassure, une boiteuse porte bonheur, les dents en désordre nous consolent des nôtres, un enfant qui louche attendrit.

Puis, quand l'âge s'en mêle et nous tord les pieds, les mains et le dos comme de vieux troncs d'olivier, on acquiert la douce beauté du temps qui nous a modelés et qui accentue inexorablement nos imperfections, dont on peut dire, somme toute, qu'elles sont bien à nous et qu'elles nous définissent.

# Le printemps est là

Chaque année nous avons le printemps en janvier, les giboulées en février et les gelées en avril. En continuant comme ça, il n'est pas impossible d'avoir la canicule en mai, les orages en juillet et pas de soleil en août.

Le printemps, l'approche du printemps, est devenue psychologique. C'est nous qui l'invoquons, qui le créons et qui le vivons, coûte que coûte, qu'il pleuve ou qu'il vente. Nous en avons un besoin biologique, nous sommes programmés depuis la naissance à consommer les saisons les unes après les autres, même aux Caraïbes. Les décisions d'avril ne sont pas celles de septembre, les couleurs et les matières que nous avons envie de mettre sur notre dos non plus. Et cela indépendamment de la température.

Ce serait comme si le temps virtuel prenait le pas sur le temps réel, comme si nos souvenirs, nos rituels, nos petites minuteries intérieures nous réclamaient des asperges au mois de mai et des cerises en juin. Comme si les petits pois frais apportaient les couleurs tendres du printemps et les abricots les chaleurs de l'été. Les perturbations climatiques n'y font rien : ce sont nos envies qui garantissent le changement des saisons et leur cortège de traditions, de fêtes et de remises en forme. Animal dressé, l'homme invente son train de vie autant qu'il obéit à la nature. Nous sommes des petits dieux qui ont savamment mis en scène le déroulement des mois et des lunes depuis des millénaires. Nous n'allons pas nous laisser impressionner par un effet de serre...

Alors tant pis pour la météo pathétique, nous sentirons nos cellules appeler le renouveau du printemps, nos cheveux réclamer une coupe estivale, nos comptes en banque subir l'assaut de nos projets de repeindre la maison, de faire un voyage, de changer de voiture... Et tout se met en place normalement, tout le monde s'entend, se comprend, s'encourage. Une Ligue du Printemps nous relie les uns aux autres dans la complicité de nos désirs. Tous en chœur. Un bouillonnement de choses à faire. C'est l'heure de penser à se marier, de mettre en route un bébé (le signe du Scorpion est le plus recherché), de commencer un roman, de prendre un amant. C'est la saison des régimes pour être beaux cet été en maillot de bain, des grandes résolutions d'apprendre l'occitan ou le breton. Le ciel peut tonner, pleurer ou s'assombrir, rien ne nous empêchera d'honorer le printemps qui frappe à notre porte.

# L'air pur

Ce matin je me suis réveillée avec le sentiment qu'il allait se passer quelque chose. Quelque chose de bénéfique, naturellement. J'étais en expectative, le temps était suspendu comme avant un orage. J'ai vite consulté mon horoscope en prenant mon café, j'ai étudié la position de mes astres, de mes planètes, rien n'indiquait une situation particulière. Je me suis regardée dans la glace, j'avais mon visage habituel, le teint légèrement plus rose, mais rien de spécial.

La journée est passée agréablement, pas d'incident à signaler, pas de bonne ni de mauvaise nouvelle frappante. Mais je me sentais bien, enjouée et curieuse de ce qui pourrait arriver. Pourtant mon amoureux ne m'a pas fait de déclaration, mes employeurs actuels ne m'ont fait ni critique ni compliment, tout se déroulait comme d'habitude avec une aisance et un naturel que je remarquais.

Le soir, en regardant le journal télévisé, j'ai compris : Paris avait battu son record de pureté de l'air, par cette belle journée de printemps. Le ciel dégagé, l'air encore frisquet des dernières gelées matinales et les rues libérées des voitures par les vacances scolaires avaient redonné de l'air à l'air. On respirait. Depuis le matin je l'avais senti. La bonne nouvelle, c'était cela : on peut encore respirer dans une grande ville comme Paris.

Quand on respire, on est aussitôt de bonne humeur, on accueille l'oxygène qui entre dans nos poumons, dans notre sang, avec un plaisir et une reconnaissance inconscients. Les râleurs ne râlent plus, les fâchés se réconcilient, les coincés sourient et les stressés soupirent. On n'imagine pas ce que la pression atmosphérique produit sur notre caractère. On va chercher des causes profondes aux désaccords, aux conflits et aux maux de tête, alors qu'il s'agit quelquefois tout simplement de millibars et de taux de pollution.

Bien sûr, on souffre et on se dispute aussi dans les climats privilégiés de la planète, à Tahiti, en Afrique ou dans la vallée du Shangri-la. Mais l'humour, la dédramatisation naissent en plein air, sous le soleil. A Marseille, en Italie ou sur les berges du Nil, on respire, et quand on respire on a le souffle pour rire. Quand on vit dehors, « à l'air libre », on se regarde les uns les autres, la vie devient un théâtre, un jeu, comme sur un *campiello* de Goldoni. L'air pur est notre bien commun, notre lien invisible, universel. Si tu respires, je respire, et si tu fumes, tu me fais fumer (ça c'est un autre sujet dont je parlerai un jour). L'air est notre première nourriture, notre carburant. On envoie bien les enfants dans des « centres aérés », et nous avons besoin de « prendre l'air » de temps en temps. L'air que nous respirons influe sur nos comportements, sur notre vision du monde. Il faut privilégier toutes les mesures qui protègent l'atmosphère, filtrer les pots d'échappement, réduire les combustions de toutes sortes, industrielles ou privées, multiplier les jardins, les arbres, le feuillage. On commence à en prendre conscience sérieusement. Seuls les anges peuvent vivre d'amour et d'eau fraîche, nous, pauvres mortels, avons besoin d'air pur.

# Cats

Gengis et Khan sont à la fois les dépositaires de mon équilibre nerveux et les régulateurs de mon caractère. Quand une contrariété vient me frapper, quasi quotidiennement, comme vous, j'imagine, le spectacle de leur paix, enroulés l'un contre l'autre sur le canapé, me calme et m'assagit. Les amateurs de chiens appellent le sommeil des chats de la léthargie, pour moi c'est de la concentration spirituelle. L'agitation, le frétillement des chiens me font l'effet inverse, ils dénotent l'immaturité et l'inconscience de cette espèce remuante.

Ceux qui redoutent les chats les trouvent méfiants et sournois. Moi, je les trouve réservés et pudiques. Le chien se jette sur sa nourriture à peine servie, le chat ne montre pas sa faim, il attendra que vous ne le regardiez pas pour s'approcher de son écuelle.

Les allergiques aux félins les trouvent cruels et imprévisibles. Moi, je les trouve tactiques et précis. Ils ne sont jamais brutaux, mais leurs réflexes sont vifs. Ils s'intègrent à la vie de l'homme mais ils ne l'imitent pas. Ils sont tellement plus civilisés que nous... Ils seraient la réincarnation de nos ancêtres, et j'accepte cette idée car leurs jolis yeux bridés me rappellent quelqu'un de ma famille qui venait de la steppe asiatique.

Ils sont beaux toujours, quels que soient leurs gestes. Leur souplesse peut faire rêver les contorsionnistes. Leurs mouvements silencieux installent dans une maison la grâce, l'harmonie et la durée, le temps tel qu'il devrait se dérouler pour nos actes, un étalon-temps comme l'heure de Greenwich ou les trois minutes du sablier de l'œuf à la coque.

Ils nous aiment et nous le montrent bien, la moindre caresse leur soutire des ronronnements, même du fond de leur sommeil. Aussitôt réveillés par la demande de tendresse, ils viennent se frotter à vous sans tarder, priorité absolue de leur éthique animale. Quand nous sommes absents trop longtemps, ils deviennent neurasthéniques. Mais ils mettent dignement quelques heures avant de manifester la joie de notre retour.

Mes chats m'ont parfois guérie de la déprime, de la solitude, de l'inquiétude, de l'ennui. Ils sont mes prisonniers mais ils ont le bon goût de ne pas m'en vouloir, de ne pas se venger. Je voudrais les gâter mais leur sobriété alimentaire est incorruptible. Ce sont des êtres philosophiques et altruistes, leur élégance à toute heure est une thérapie et un exemple pour les humains.

# Le temps libre

Le Temps libre aujourd'hui a explosé en parcelles de temps libre, en bulles d'oxygène qui aèrent l'aquarium compartimenté de nos journées. Ce sont une ou deux heures dans l'après-midi entre deux rendez-vous, une soirée où votre mari est retenu à l'étranger à cause du brouillard sur l'aéroport, un déjeuner qui s'est décommandé et que vous transformez avec bonheur en une pause-régime en achetant deux pommes chez l'épicier en bas du bureau.

Les longues plages planifiées du temps libre d'autrefois n'existent presque plus. Les jours de vacances, les week-ends prolongés, les ponts et les congés de maladie sont pleins à craquer de valises à faire et à défaire, de maisons à nettoyer, de trains à ne pas rater. Le temps, pour nous, le vrai temps personnel de nos passions intimes, il faut le grappiller, le voler, le saisir, mettre en marche des mécanismes d'exploitation immédiate de ces mini-espaces accordés par le hasard.

Les méthodes varient. Moi, j'ai un petit cahier où je griffonne des idées pour un film, pour une nouvelle. J'ai de la chance, je n'ai besoin que d'un crayon et d'un bout de papier pour me retirer dans ma vie parallèle. Je plains ceux qui ont besoin d'un piano, d'un violoncelle ou d'une locomotive ! (J'ai un ami qui a une passion pour les chemins de fer et qui passe ses fins de semaine à réparer des vieilles locos.) Je plains aussi les fous du jardinage, de la peinture murale ou de la chasse aux lions... Mais il y a toujours de nécessaires préparatifs à l'entretien de nos jardins secrets qui demandent du temps et de la disponibilité : des lectures d'informations, d'ouvrages spécialisés, du travail théorique, solfège, grammaire, exercices de mémoire et autres gymnastiques mentales. Il faut être prêt, avoir dans son sac le livre utile, le manuel, le carnet et les crayons de couleur afin de s'approprier la demi-heure dans la salle d'attente du dentiste débordé, les heures d'insomnie inspiratrice ou le retard d'un TGV.

Ces « chutes » de temps, ces interludes, ne deviennent fugaces que si vous n'en faites rien. Le droit de flemmarder est une conquête sociale, d'accord, mais dès qu'on a découvert le plaisir quasi clandestin d'occuper le temps libre pour soi, de se le garder au plus près au service d'intérêts personnels, on attend avec impatience ces instants tombés du Ciel qui permettent de mener une double vie fructueuse sans avoir la sensation de perdre son temps. Lisez bien les biographies des grands hommes, que de chefs-d'œuvre, de pensées claires et de phrases historiques sont nés de ces moments intermédiaires, ces franges de temps officieux et dérobé ! Faites confiance aux petites coupes de temps libre, elles vous donneront du génie.

# L'argent

Avec le passage à l'euro, on peut se poser quelques questions : l'argent intéresse-t-il les Français ? Pensent-ils qu'il fait le bonheur ? Quelle est notre relation à l'argent ? Sommes-nous près de nos sous, sommes-nous dépensiers, sommes-nous attirés par l'enrichissement ou dégoûtés par le profit ? Avons-nous la bosse de la finance, sommes-nous astucieux, prudents, surendettés, archaïques ou inexperts ?

La nécessité de changer les francs en euros est en train de faire sortir de sous les matelas des sommes considérables en liquide, comme à chaque changement de billets, de coupures et de zéros en moins avec les dévaluations et les nouveaux francs. Tous comprennent qu'il faut se dépêcher d'écouler les bas de laine, sans bien savoir comment investir ces réserves souvent gagnées honorablement mais hors de la passoire du fisc. On dirait que tout le monde en a. Les propositions les plus saugrenues sont faites aux ventes d'appartements, de tableaux, d'antiquités. Une embellie a touché l'immobilier, la joaillerie et les ventes aux enchères. Les couturiers vendent leurs robes que personne n'achetait plus depuis des années et les restaurants chers ne désemplissent pas. On appelle ça la croissance.

En vérité cela signifie que les Français (et les Françaises qui s'y entendent de mieux en mieux) commencent à s'amuser avec leur argent. On boursicote, on lit les journaux spécialisés, mais surtout on a envie de vivre et de dépenser. C'est un phénomène nouveau et assez réconfortant. On nous a taxés pendant des siècles de peuple de notaires et de pères Goriot qui font les comptes et conservent leurs biens au secret des coffres-forts, voici que nous nous transformons en un peuple joyeux qui rivalise avec les Italiens et les Japonais toujours à l'affût de nouveautés et de luxe. Nous étions ceux qui produisent et qui vendent le luxe, nous devenons ceux qui le consomment.

Et savez-vous qui donne le ton de ce rajeunissement de mentalité ? NOUS, les « seniors » comme on dit, les quinquagénaires, sexagénaires et au-delà. Nous découvrons que nous avons envie de vivre, qu'on ne sait pas ce que demain nous réserve, et qu'à l'inverse de nos mères et de nos grands-mères, nous ne voulons pas qu'on nous dérobe notre présent. Vivre bien, tout de suite, utiliser judicieusement notre argent, cesser de nous priver pour les enfants et dépenser AVEC eux plutôt que POUR eux. Voyager, leur montrer le monde, les musées, les grandes réalisations des autres pays, puisqu'on ne sait plus ce qui va leur servir vraiment à l'avenir, sinon d'avoir des parents sympathiques, généreux, juvéniles et autonomes qui ne les font pas culpabiliser sur les sacrifices et les privations qu'ils feraient pour eux.

Ni cigales, ni fourmis, nous sommes d'allègres citoyens du mouvement qui nous empêche de devenir des vieux croûtons et, voyez-vous ça, nous donnons au passage un petit coup de fouet à l'économie !

# A bas les housses !

Un ami fortuné possédait des tableaux de maîtres. Un Cézanne, des Utrillo, un dessin de Rembrandt, quelques Picasso, des Braque et un magnifique Kandinsky. Son appartement était tapissé de ces merveilles... en reproductions. Les originaux se trouvaient dans un coffre, à la banque. Toute la maison dégageait une drôle d'ambiance, un air de faux, de toc, et du coup de nouveau riche. Cet homme raffiné, amateur d'art, avait obtenu le résultat opposé à ses aspirations, celui de paraître un homme sans goût, imposteur et tape-à-l'œil.

Il en va de même pour les dames qui portent les imitations de leurs bijoux, par crainte des agressions, des fourrures précieuses en doublure de modestes imperméables, pour la même raison, et qui déjeunent dans de l'inox pour ne pas sortir l'argenterie, et risquer qu'un regard cambrioleur repère un poinçon ou une facture ancienne.

Je n'ai ni tableau signé, ni bijou de valeur, et je comprends pourquoi. Jamais je ne pourrais me priver de la vue d'un beau tableau dont j'aurais la chance de disposer, et je tremblerais de porter à mon doigt ou à mon cou un objet de convoitise pour les croqueurs de diamants. Cet esprit de possédant, et donc de gardien de ses biens, s'apparente à tout ce qui veut lutter contre l'inévitable usure du temps, contre le vieillissement et la transformation : les housses en plastique sur les bras des fauteuils, les barres de bois le long des plinthes pour empêcher les sièges de heurter et de salir les murs, les alaises en Bulgomme dans les lits, les plaques de verre sur les tables en marbre ou en acajou, les couvertures de livres en faux cuir, les housses de sièges dans les taxis, les plaids sur les canapés, les napperons sur les téléviseurs, les couvertures en feutre sur les pianos, les ronds en liège sous les verres, les ronds en crochet sous les pots de fleurs, les patins pour les parquets, les couvre-tapis en coton, les couvre-chapeaux en nylon, les talonnettes pour le pied de l'accélérateur, les galoches par-dessus les chaussures, les plaques transparentes autour des serrures aux portes, les toiles cirées sur les tables de cuisine campagnardes, la cloche vitrée autour de l'Ara Pacis à Rome, les livres enfermés dans des bibliothèques à rideaux, les verres en cristal sous clé, les nappes de lin jamais dépliées, le mixer bouclé dans sa boîte, la machine à coudre en punition dans sa caisse et les albums de famille, là-haut dans un placard intouchable, en compagnie des poupées.

De l'air ! Faisons vivre les objets autour de nous. Rendons-les accessibles, familiers, utiles. Que notre œil les rencontre et reprenne le vivant échange commencé plus tôt, à l'heure où ils sont entrés dans notre vie. La manie de la protection n'évitera pas qu'un canapé se salisse, qu'un tapis se défraîchisse et qu'un livre jaunisse. Elle retardera un peu le processus, tout au plus. Ne vaut-il pas mieux faire sauter toutes ces barrières, ces interdictions qui bloquent le libre accès à notre désir et nous empêchent d'apprécier, de jouir à loisir des choses que nous avons tant souhaitées !

# Satanée salle à manger

Quel vilain nom. Une *salle*, pièce sans âme, impersonnelle, de passage, *à manger*, pas elle, car elle est indigeste, mais à parquer des êtres humains dont l'action collective et vaguement obscène est d'agiter les mandibules afin d'ingurgiter des aliments.

Dans l'habitat moderne, le local qui correspond à cette appellation est une pièce perdue et froide. Une table immense entourée de chaises le plus souvent inoccupées et qui semblent appeler lamentablement des personnes qui ne viendront pas. Quelques familles nombreuses mises à part, les grandes tablées sont de plus en plus rares, un jour ou deux par an, pour les fêtes. Ces tables ovales, rectangulaires, à rallonges, à pieds pivotants, à coulisses, achetées à prix d'or avec leurs batteries de chaises assorties, innombrables, austères et répétitives, en rang comme des soldats autour d'un mausolée, rappellent les salles d'état-major de l'armée, les conseils d'administration et les réfectoires des lycées.

Manger à deux, à trois, ou seul dans un lieu pareil est un supplice. On a le sentiment de se restaurer en « Suisse », en cachette des absents, sous le regard réprobateur des chaises vacantes. On peut se sentir abandonné, tant de bouches qu'on a nourries et qui ne viennent plus, peut-être qu'ils n'aiment plus ce qu'on cuisine ici, ni cette maudite *salle à manger* où l'on ne peut pas être soi-même, se parler, avoir de vraies conversations, intimes et franches.

Pour ma part, j'ai depuis longtemps fait sauter le dernier verrou de la tradition héritée du XIX^e^ siècle victorien. Chez moi on mange dans la cuisine, près de mes casseroles, on me regarde découper les poulets et égoutter les pâtes, on parle de tout, et surtout de cuisine, sujet qui réconcilie et qui délie les langues ! Quand je reçois beaucoup de monde, j'éparpille mes convives en plusieurs petites tables de quatre, de six, dans tous les coins de mon appartement, la table basse du salon, mon bureau qui devient une table, une table sous la véranda, au milieu des plantes. Même quand nous sommes en petit comité, je change de lieu pour dresser la table, je varie la vaisselle selon le menu, les nappes, les verres. J'essaye de ne pas me répéter, je module les éclairages, chandelles ou lampes. Mais j'ai aboli la *salle à manger*, cet endroit désert et empesé qui gèle de précieux mètres carrés alors que nous avons tant besoin d'espace, de recoins pour les appareils de nos nouvelles activités, les ordinateurs, les instruments de musique, les machines à coudre, à tricoter, les métiers à tisser, les jeux vidéo et les chevalets de peinture bien plus jolis, bien plus vivants que ces alignements rigides et encombrants de sièges vides autour d'une table inutilisée.

D'ailleurs je suis sûre que vous prenez vos repas à la cuisine, ou sur une petite table devant la télé, non ?

# Nous n'irons plus au bois

Quand j'étais petite, nous allions chaque année dans les bois de Chaville ou de la Vallée de Chevreuse pour ramasser du muguet au 1er mai. C'était une expédition ! Nous n'avions pas de voiture, peu de gens avaient une voiture, nous prenions le train, nous descendions au terminus de la ligne de Sceaux, à Saint-Rémy-lès-Chevreuse et nous nous embarquions dans une longue marche à pied, notre pique-nique en bandoulière. Comme nous, de nombreux passagers du train s'éparpillaient prestement dans les chemins de forêt en espérant être les premiers sur les sites à muguet repérés les années précédentes. C'était un but de promenade, une chasse au trésor prisée par les enfants et un bol d'air pour tous, volé au rythme des journées ouvrables, surtout quand la Fête du Travail tombait en semaine.

Aujourd'hui une journée isolée n'intéresse plus personne. Les congés se calculent en week-ends prolongés, en ponts et en semaines de trois jours. Cette année, quelle aubaine, le 1er et le 8 mai tombent un mardi, il y a fort à parier qu'il n'y aura pas grand monde dans les bureaux les lundi 30 avril et 7 mai... Les tournages de films et de téléfilms s'interrompent, étranglés par ces semaines tronquées et les agences de voyages vendent des départs pour tous les jolis coins d'Europe où commencent à fleurir les lilas, les glycines et les cerisiers. Une fringale de vacances nous aspire vers le soleil et vers les rives de la Méditerranée. On ne cherche plus du muguet dans les bois français, on se paye du jasmin en Tunisie ou de la fleur d'oranger au Maroc.

Le muguet qu'on s'offre pendant ces jours-là n'est plus sauvage, d'ailleurs. Il pousse dans des serres douillettes où la cueillette est programmée à l'heure près, pour envahir les coins de rues de Paris sur des étals improvisés qui font gagner quelques sous à des enfants kurdes ou albanais. On le leur achète volontiers, même s'il n'est pas très joli, même s'il n'est pas élégamment emballé dans son papier cellophane, de toute façon c'est obligatoire d'en ramener quelques brins à la maison ou chez les amis.

Alors les fleuristes patienteront, cette petite B.A. ne les empêchera pas de vendre leurs bouquets coûteux. L'odeur entêtante et surannée des petites clochettes blanches ne se respire qu'une fois par an. On ne peut pas la rater. J'ai replanté les pieds de muguet d'une somptueuse corbeille que j'avais reçue une fois, il refleurit chaque printemps et désormais je m'émerveille de trouver mes brins de muguet annuels sur ma terrasse en me souvenant des grandes promenades dans les bois de mon enfance.

# L'ordinateur en question...

Il était temps que j'achète un ordinateur portable. Sinon comment écrire quand je suis en déplacement ? Mon installation fixe date d'il y a quatre ans, elle est assez performante, en tout cas pour moi.

Je suis donc partie à la chasse au portable idéal, compatible avec mon ordinateur habituel, afin que je puisse passer de l'un à l'autre sur les mêmes disquettes. Jusqu'ici, c'est simple.

La folie des prospectus et des nouveaux modèles a commencé. Je me suis enfoncée dans cette jungle en y voyant de moins en moins clair. Surtout qu'on ne me disait pas tout. Les vendeurs s'en gardent bien.

On me vante les mérites d'un dernier-né qui ressemble davantage à un poudrier qu'à un appareil pour écrire... Tout est incorporé désormais, le modem pour Internet, le lecteur de CD, les mémoires supplémentaires, une véritable usine miniaturisée. Pour les coloris, il faudra vous y habituer, la tendance actuelle est à la couleur... Et quelles couleurs ! Les bonbons américains d'autrefois, vous vous souvenez, les *lifesavers* multicolores étaient nuancés à côté des roses fuchsia, des violets et des turquoise inventés par les génies de la micro-informatique dans leurs tours américaines.

Vous achetez la petite merveille, comptant s'il vous plaît, et sans ristourne, il n'y en a pas sur ces modèles... Seulement voilà. Vous êtes trop en avance. La prise USB, vous savez ce que c'est ? Le HUB indispensable, vous savez ce que c'est ? J'ai le regret de vous annoncer que sans eux vous n'irez nulle part, que rien ne marchera.

Et l'imprimante, vous croyez qu'elle va fonctionner ? Que nenni. Votre vieille imprimante (elle a trois ans), n'en parlons même pas. C'est une casserole d'un autre âge, vous pouvez la mettre à la poubelle. La nouvelle, que vous avez dû acheter, n'est pas encore aux normes de votre joli poudrier, il faut la cuisiner pour qu'elle obéisse à peu près. Pas vous, un technicien, le fameux « spécialiste » qui vous domine et vous vampe.

Tout cela à coups de milliers de francs, à coups de soirées gâchées et frustrantes à lire des notices incompréhensibles, à se ramasser un sentiment d'impuissance et de faillite qui vous enlève le sommeil pour plusieurs jours.

Alors je prends mon cahier, mon Bic, et j'écris sur mes genoux, dans le train, en attendant des jours meilleurs !

# Les casquettes

Il ne s'agit pas des casquettes de gentlemen irlandais, ni de casquettes de cinéastes, ni de celles des gardes champêtres, ou des cyclistes, portées à l'envers comme le font nos ados, et même nos moins ados... Non, je veux parler de nos casquettes à nous, les mille et une casquettes des femmes.

Depuis l'enfance on nous prépare à être de bonnes élèves, de bonnes camarades, des grandes sœurs, des petites sœurs, des épouses, des amantes, des cuisinières, des mères, des grands-mères, des collègues de bureau, des femmes soignantes, citoyennes, bonnes marcheuses, rameuses, nageuses, patineuses, skieuses, campeuses, joueuses, partenaires de tennis, de bridge, de voyage, de scrabble, tout ça avec le sourire, sans renoncer à un gramme de féminité et bénévolement. Nous sommes dressées à passer rapidement d'une activité à l'autre, d'un talent à l'autre, avec grâce, sans nous vanter et sans nous plaindre. Nous savons faire plusieurs choses à la fois : parler à un enfant en faisant le dîner, soigner un malade en pensant à l'organisation d'un déménagement, faire du jardinage en apprenant l'anglais en CD, un écouteur dans l'oreille, tourner une béchamel en réservant des billets de train au téléphone.

Cette capacité nous est enviée par les hommes, auxquels on apprend, au contraire, à ne savoir faire qu'une seule chose. Leur succès est de devenir des « spécialistes », des « experts », c'est-à-dire tout connaître dans un domaine et être nuls dans tous les autres. On trouvait même touchante la gaucherie des hommes dans les choses de la vie, preuve de leur mérite ailleurs. Bref, ils n'avaient qu'une seule casquette.

Dans la refonte des rôles de la nouvelle société, tous évoluent. Les jeunes papas donnent d'excellents biberons, à la campagne les femmes conduisent des camions et des tracteurs, les jeunes filles deviennent soldats. Les petites filles ne veulent plus seulement des poupées, elles aiment les voitures de pompiers comme leurs frères, et les garçons, libérés de tout complexe, apprennent à enfiler des perles avec délices. Tout le monde se retrouve devant les ordinateurs, les notices des téléphones portables, le bricolage, le « do it yourself » de tous les objets livrés en kit, et les cerveaux marchent bon train, quels que soient les âges et les sexes.

On sait désormais qu'il faut savoir tout faire, se débrouiller seul sans l'aide d'une nounou, d'une secrétaire ou d'un assistant. Tous à la même enseigne, tous égaux devant le monde nouveau qui en appelle à nos dons, à notre fantaisie et qui nous coiffe de toutes les casquettes !

# Les trains de vie

Depuis quelque temps, les trains sont toujours pleins. En semaine, le dimanche, on dirait que les Français ne restent plus chez eux. Ils ont la bougeotte. Pour peu qu'une grève d'avion s'en mêle, il n'y a plus un strapontin. TGV, Eurostar, Euraffaires, trains de jour, trains de nuit ne désemplissent pas. Quand les grands week-ends approchent, ou les vacances scolaires, il faut s'y prendre des semaines à l'avance pour s'assurer une place.

J'y vois un phénomène très réjouissant. La route fait peur. Les bilans hebdomadaires que nous relate tristement la télévision commencent à travailler les esprits. Entre un voyage en voiture et un bon TGV, pas toujours très ponctuel mais rapide et élégant, de plus en plus de personnes choisissent, comme moi, le train.

Je ne vais pas faire de la pub pour le chemin de fer. La SNCF s'en charge très bien. Mais je veux vous raconter mon plaisir enfantin à être assise près d'une vitre et regarder défiler la France, les beaux paysages de France, avec leurs différents climats, leurs différentes architectures, leurs différents arbres, les clochers pointus, tassés, ronds, en tuiles, en ardoise, en bois. Je sirote une eau minérale en souriant de dépasser les voitures sur les autoroutes parallèles, on file tellement plus vite qu'elles ! Je rêvasse en attendant que les idées me viennent. Je regarde les gens, j'observe leurs traits, leurs tics qui me serviront pour un prochain personnage de roman, je sors mollement mon ordinateur, j'ai le temps, je me sens « transportée », conduite, je ne fais pas l'effort de savoir où je me trouve. Même si je m'assoupis le train m'amènera là où je vais.

Aujourd'hui, ne pas encombrer les routes est un geste citoyen, une preuve de conscience, de maturité. La voiture, symbole de puissance et de richesse pendant des décennies, est devenue un appareil parmi les autres, entre le téléphone portable, la machine à laver et la télévision. On ne peut pas s'en passer, surtout à la campagne, mais il faut cesser de la mythifier, de la prendre pour un signe de pouvoir et d'individualité.

Être branché, c'est au contraire prendre le train, utiliser les transports en commun, fréquenter les écoles et les hôpitaux publics, et ne pas s'isoler dans un véhicule qui va trop vite pour les routes encombrées. Être dans le coup, c'est ne pas risquer sa vie et celle des autres, mais continuer à bouger, du nord au sud, d'est en ouest, comme le font les Français.

P.-S. Une requête : pourrait-on rendre les gares un peu plus accueillantes, moins frigorifiantes (les courants d'air y sont glacés) et nettoyer les cafés pour avoir des lieux de rendez-vous convenables ?

# La ponctualité

La France a été pendant longtemps un exemple de ponctualité, avec ses trains qui entraient en gare à la minute dite, la poste fiable et rapide et les usages dans les affaires qui ne toléraient pas plus de dix minutes de retard imputables à la circulation. Seuls les médecins et les coiffeurs n'ont jamais pu maintenir leurs horaires.

Hélas l'ensemble des professionnels les ont aujourd'hui rejoints et il n'est pas rare d'entendre que les fonctionnaires, hauts et petits, se font attendre aux rendez-vous ou ne se présentent pas du tout. La « flexibilité » et les exigences de la vie personnelle prévalent désormais sur les engagements pris. Les excuses les plus variées sont avancées avec un grand naturel.

Une directrice d'un service culturel m'a fait poireauter une heure car elle devait aller chercher sa fille à la crèche, tandis qu'un géomètre n'est pas venu faire les relevés prévus parce qu'il n'avait pas trouvé où se garer et d'ailleurs un vendredi à quatre heures la journée est finie avec les trente-cinq heures... Le retard n'est plus une faute, on ne se sent pas coupable, c'est l'accélération de la vie moderne qui veut ça.

Il y a aussi les retardataires endémiques, qui quittent leur domicile à l'heure où ils devraient être rendus au théâtre, au dîner ou au rendez-vous. Ceux-là ne peuvent viscéralement pas calculer le temps du transport, sans parler de la marge de risque, une grève-surprise, un accident, une averse subite. L'idée de s'assurer quelques minutes de précaution n'effleure même pas leur esprit. Ce sont aussi ceux qui font leurs cadeaux de Noël le 24 décembre au soir, qui ne réservent jamais leurs places de train à l'avance et achètent la dernière baguette du boulanger, juste avant la fermeture. C'est une espèce à part, qui taquine inconsciemment le sort, comme pour tester combien il leur sera favorable. Une forme d'indécision narcissique qui permet de laisser la porte ouverte à tout changement, qui laisse en pointillé la contrainte d'une promesse ou d'une décision. Être plus malin que les autres, ne pas se faire piéger par un « oui » qui enchaîne et qui pèse.

Ce système est de plus en plus répandu. On est à l'époque de la liberté à tout prix, de l'égoïsme autorisé et de la nonchalance. La parole donnée est une notion d'un autre âge, un peu ridicule. Les avocats prévoient toutes les traîtrises, même celles des alliés. Je dois être démodée mais j'aime passionnément la ponctualité. C'est l'art de la prévision et de l'organisation. C'est l'exercice de la lucidité sur le monde et sur soi-même. Bien se connaître et bien évaluer les rouages de notre société. Je comprends les difficultés qu'on rencontre parfois à exercer « la politesse des rois », je suis moi-même en guerre contre ma montre certains jours, mais je ne puis me défaire du sentiment d'inquiétude et de remords quand je suis en retard quelque part. Je ne m'en fiche pas du tout, je culpabilise et j'ai sûrement tort car je risque un ulcère que les insouciants du temps et de la précision n'auront jamais.

# Ces chers enfants

Prétendre que tous les enfants sont merveilleux est une hypocrisie de notre époque. Moi je vais être franche : soit je me régale en leur compagnie, quand un échange amusant et riche s'instaure, et que j'ai envie de tout leur donner, de tout faire pour eux, soit ils m'exaspèrent, et chacun de leurs gestes, de leurs cris me tape sur le système. J'en suis chagrinée quelquefois, j'essaye de cacher mon irritation à leurs parents, mais j'ai bien du mal... Quand j'ai le coup de foudre pour un enfant, c'est une source de bonheur, quand un enfant me déplaît, je suis de très mauvais poil ! Je vais essayer de m'autoanalyser pour comprendre ce qui se passe, et le partager avec vous.

D'une façon générale, je suis indisposée par les

enfants qui minaudent, qui « font les enfants », sans doute habitués à obtenir ainsi quelque avantage. Leurs parents sont les premiers à favoriser cet exécrable usage. J'aime les enfants naturels avec lesquels on a un rapport direct, souvent plus direct qu'avec les adultes. J'aime les enfants qui questionnent, qui s'interrogent, dont le regard sincère exprime la réflexion et la curiosité. Timides ou bavards, les enfants sont émouvants quand on sent l'adulte en train de naître derrière leurs petits fronts perplexes, à la découverte de ce qu'ils ne savent pas.

Certes, il y a des enfants doués, ou comiques, ou gracieux, ou ravissants. Ce ne sont pas forcément les plus attachants. Ceux qui me charment sont ceux qui veulent profiter de chaque nouveauté, de chaque personne rencontrée, ceux qui sont en éveil, avec leurs moyens enfantins, voraces et exigeants. Ils nous mettent sur la corde, ces enfants-là ! On ne peut pas leur raconter des sottises, on a une responsabilité vis-à-vis de leurs cervelles en développement rapide. Il faut leur parler avec sérieux et fantaisie pour se mettre à leur portée tout en vérifiant nos propres connaissances. Il m'est arrivé de me documenter pour continuer une conversation avec un enfant très demandeur. Avec quel vif plaisir j'attendais de prolonger la discussion le lendemain !

En revanche je n'arrive pas à communiquer avec les enfants qui se barricadent dans leur position régnante au sein d'une famille toujours prête à céder devant les caprices de « l'enfance sacrée et intouchable », sous prétexte qu'on ne veut pas faire subir les sévérités et les injustices qu'on a soi-même connues. Ces enfants toujours à l'affût d'un compliment, d'une flatterie, sont aussi toujours mécontents. Ils pratiquent la technique de la surenchère en étant incontentables. Ils bloquent inconsciemment le processus de leur évolution en réclamant un statut privilégié, immuable et autoritaire. Ils refusent de manger, vous coupent la parole et grimpent sur les canapés blancs avec leurs chaussures, histoire de brouiller toutes les conversations en cours et d'être au centre de l'intérêt. Ce sont les enfants rois et ils comptent le rester.

Un enfant a besoin de beaucoup d'amour, de respect et de patience, mais il doit participer à la vie collective sans monopoliser l'attention avec son ego. De nombreux parents sont ainsi vampirisés par leurs enfants et ne s'en sortent qu'à coups de cadeaux et d'aveuglement. Au fond, ce sont peut-être ces parents-là que je ne supporte pas...

# Coquines, les mamies ?

Les statistiques sont époustouflantes, les seniors ont une vie sexuelle très satisfaisante. On avait tendance à penser qu'avec les années la libido se calme et le besoin de faire l'amour également, eh bien pas du tout, voici un cliché de plus qui vole en éclats.

Pour les femmes, deux cas de figure : soit elles ont un partenaire fixe, soit elles sont « volantes », c'est-à-dire libres de faire des rencontres, d'avoir des liaisons passagères, temporaires, même d'un jour. Contrairement à toute prévision, les couples établis ont une meilleure vie sexuelle. Ils disent apprécier de retrouver toujours le (la) même partenaire, de se connaître et de continuer à se séduire en améliorant les techniques amoureuses. Les « intermittentes », les « femmes libres », comme on dit, ont parfois du mal à trouver un compagnon qui s'engage jusqu'à l'acte sexuel. Dans la nouveauté il y a de bonnes surprises, des échanges fulgurants, mais ils laissent une certaine amertume s'ils ne se répètent pas. Le geste de confiance qu'on fait en abordant le sexe est contredit par la frilosité du rapport. On peut presque regretter de s'être donnée à quelqu'un qui ne prévoyait pas de suite.

Autre réjouissante constatation : ce ne sont pas les « bombes sexuelles », ou celles qui se comportent comme telles, sanglées dans des robes moulantes et décolletées et juchées sur des talons vertigineux qui ont la plus forte activité sexuelle. Les femmes qui sont honorées par leurs maris ou leurs compagnons réguliers sont des femmes qui se soignent, coquettes, certes, mais pas voyantes. Elles n'affichent pas leurs charmes. La discrétion et la féminité sont les plus prisées. Jolis petits ensembles de jersey, robes souples aux couleurs claires et coiffures naturelles plaisent davantage que les fanfreluches et les bijoux. Une hygiène constante, jambes épilées, savons et désodorisants délicats, ce qu'il faut de maquillage, pas trop, et une silhouette conservée autant que possible.

Enfin, si vous croyez que les femmes de nos âges vont draguer les athlètes dans les clubs de sport et les maîtres nageurs sur les plages, détrompez-vous. Elles préfèrent le petit ventre de leur compagnon, ses épaules arrondies et ses tempes grises !

Qu'il y ait des femmes seules et abandonnées, c'est hélas vrai. Leur sort n'est pas facile : un homme bien, libre, pas trop névrosé et désireux de former un couple, ça ne se trouve pas sous le pas d'un cheval. Se méfier des éternels célibataires, ceux-là ne se lancent jamais, surtout si leur mère est encore là pour les observer... Mieux un veuf ou un divorcé... Néanmoins le tableau n'est pas si noir. On peut se flatter d'une sexualité en parfait fonctionnement jusqu'à tard dans la vie. Nos mamies sont plus coquines qu'on ne l'imaginerait !

# Rendez-nous les « espaces perdus »

Il faut avoir habité dans plusieurs sortes de maisons, anciennes, modernes, appartements, studios ou même chambres d'hôtel pour savoir combien les soi-disant « espaces perdus », les couloirs, les cagibis, débarras et autres greniers, sont précieux.

Dès l'après-guerre, les architectes se sont ingéniés à nous les rogner. Sous prétexte qu'ils occupent des mètres carrés sur les plans de construction, qu'ils coûtent des portes et des vasistas supplémentaires, et qu'ils ne satisfont pas l'esprit d'espace absolu des créateurs d'habitat (presque tous des hommes que la vie pratique intéresse peu). On sucre les buanderies, les lingeries, les offices, les chaufferies, les garde-manger, les cabinets de toilette, on encastre les appareils ménagers, on réduit la profondeur des placards, on colle des portes coulissantes partout qui ne prennent pas de place, on supprime tout simplement ce qui n'est pas considéré comme esthétique.

Or l'entretien d'une maison se perfectionne de décennie en décennie, entraînant l'achat d'une multitude d'objets, d'appareils de nettoyage et de confort. Où ranger les balais téléscopiques, les shampooineuses de moquette, les brosses pour les chats, les engrais pour les plantes vertes, le ventilateur et la grande échelle ? Où entreposer la bicyclette d'appartement, les haltères et les décorations de Noël ? Le bricolage étant devenu une nécessité, puisqu'on ne trouve plus de plombier ni d'électricien, où faut-il mettre la perceuse, la scie et la série de marteaux ? Et les pots de peinture de la couleur de la cuisine, les bouts de moquette et les tringles de la chambre qu'on n'a toujours pas eu le temps de poser ? Quant aux placards, avez-vous vu leur taille ? Où ranger les affaires d'été, les chaussures de ski, la robe de Carnaval, les manteaux longs et les chapeaux de paille ?

Voilà à quoi servaient ces fameux « espaces perdus ». Des petits coins cachés qu'on visite plus souvent qu'il n'y paraît, qu'on s'ingénie à organiser comme une cambuse de sous-marin où tout se trouve facilement. C'est très beau, les grandes pièces vides et nues, elles nous émerveillent sur les revues de décoration, mais on ne vit pas dans l'ascétisme et le dénuement. Au cours de la vie, on accumule des ustensiles divers, une grande poissonnière, des chaises pliantes pour les réceptions, un hamac mexicain, une étuve pour le riz, une encyclopédie qui est encore dans sa boîte. On récolte des souvenirs de voyage, de notre enfance, de l'enfance de nos enfants. C'est entendu, il faut faire du ménage de temps en temps, ne pas avoir peur de jeter les vêtements démodés qu'on ne mettra plus, les tabourets cassés et les encombrantes béquilles de l'entorse de l'année dernière. Mais il reste tout ce dont on peut avoir besoin un jour et qu'il faut bien garder quelque part.

Je veux me faire l'avocate de ces lieux obscurs et nécessaires, petits antres de vie et de mémoire. Vive les couloirs sombres où sont accrochés les manteaux et les impers toute l'année, vive les cagibis tapissés de crochets où pendent les sécateurs, les échelles et les planches à repasser, vive les dressings entre les chambres qui isolent et abritent une nudité qu'on n'a pas toujours envie d'exhiber. Les espaces perdus sont nos cagnottes, nos cavernes d'Ali Baba, nos pochettes-surprises d'où ressortent des trésors oubliés et des solutions aux mille exigences de la vie quotidienne qui font de nous la fée de la famille !

# Les éclairages

Pourquoi les chambres d'hôtel, les restaurants, les salles d'attente dans les administrations, chez les médecins, les guichets de banque, les ascenseurs et les salons de coiffure sont-ils toujours si mal éclairés ? Soit on a une ampoule ou un néon directement dans l'œil, soit on doit se mouvoir à tâtons pour arriver jusqu'à sa chaise dans une périlleuse pénombre, soit on doit contempler une lampe absurde et volumineuse dont les globes diffusent une blancheur blafarde qui n'éclaire pas votre journal, soit on subit les ingrats plafonniers et la lumière d'en haut, si disgracieuse pour les traits. Dans certains restaurants la lumière est si faible, mode américaine, qu'on aurait envie d'une lampe de poche pour voir ce qu'on mange, ne serait-ce qu'un instant. Dans les salons de coiffure, comme dans les salles de bain d'hôtels, même luxueux, des spots invisibles vous fusillent le crâne, le nez, et projettent leur ombre effrayante sur vos joues surexposées en annulant la bouche en un trou noir. Pour se maquiller, il faudrait être couchée sur le lavabo, les yeux au plafond, se dessiner les lèvres et se voir à peu près telle qu'on sera vue par les autres, en sortant de cette salle de bain. D'autant plus que les miroirs sont loin, là-bas, bien au fond d'une niche au-dessus du lavabo, derrière les robinets décoratifs et l'étagère trop étroite pour les trousses de toilette. Il faut se pencher en s'enfonçant la faïence glacée du lavabo dans le ventre, chercher la position la moins défavorisante entre les rayons lumineux hors desquels on retombe dans la nuit.

Où diable les architectes trouvent-ils ces phares aveuglants, ces lustres cliquetants, ces lampes imitation Art déco où des nymphes de bronze se figent dans d'inconfortables positions, penchées en arrière sur la pointe des pieds, ou en équilibre sur les genoux, à les supplier de se libérer, brisez là, repos, on est épuisé de vous voir ainsi tendues, arc-boutées, une torche sur la tête ? Qui fabrique ces lampadaires triomphants, monuments à l'électricité, blocs de granit ou de marbre impossibles à soulever, où pourraient se lire quelques noms de Tombés au Front, Morts pour la Patrie ?

Un endroit qui invite à rester, à séjourner est avant tout un lieu où la lumière est agréable. C'est là qu'on va s'asseoir, qu'on aura envie de lire, d'écrire, de boire une tasse de thé. Les bons vieux abat-jour ivoire ou abricot montés sur des potiches toutes simples ou de sobres tiges de fer forgé font une lumière douce, à la hauteur des yeux, pas agressive et flatteuse. Il suffit de les multiplier dans une pièce. On pourra les déplacer, en éteindre, augmenter ou diminuer la puissance d'une ampoule. Leur éclairage restera humain. Dans les salles de bain, deux appliques latérales à la hauteur du visage sont bien suffisantes et suppriment les ombres. Les installations de décorateurs ou d'électriciens dans les bureaux, dans les lieux publics sont des vrilles qui vous clouent sur place. Les grands éclairagistes de cinéma, pour nous faire belles, ne font que reconstituer les lumières naturelles d'une journée de soleil, et leur reflet dans les étoffes et les sols clairs.

Mais si vous aimez l'obscurité, les chandelles sont toujours là pour vous montrer un monde imprécis et mensonger qui fait rêver de temps en temps...

# La valse des objets

Chaque fois que je quitte ma petite maison de campagne, je me dis : je l'emporte, la bonne brosse à cheveux qui est ici, ou je la laisse, pour la retrouver avec bonheur quand je reviendrai ? Je le prends, le pull rayé que j'aime, ou je l'oublie pendant que je suis à Paris, pour le redécouvrir avec délices un autre week-end ? Et le gros livre que j'ai commencé, j'alourdis mon sac de voyage déjà plein de pots de confiture maison et de radis à peine cueillis, pour le continuer dans le train ? Non, il m'attendra jusqu'à mon retour dans cette maison où j'ai naturellement accumulé toutes sortes d'objets familiers, anciens et nouveaux, auxquels je suis attachée.

C'est qu'ils me manquent, parfois. Je cherche le

couvre-lit jaune à Paris et je me souviens que je l'ai emporté dans le Gers. Là-bas je me suis fendue d'une sauteuse en revêtement ultra-spécial et je ne sais plus cuisiner sans elle à Paris. J'ai déclassé mes vieilles baskets trouées en les laissant à la campagne, mais en vérité je les regrette à Paris, elles sont faites à mon pied et j'y suis bien plus confortable que dans les neuves que je viens d'acheter…

Le rouleau à pâtisserie et la grande planche m'ont fait défaut à la campagne, impossible d'en trouver de si grands dans les boutiques locales, je n'ai pas pu faire ma tarte aux fraises. Les plats, n'en parlons pas, je suis toujours à la recherche de celui qui est dans l'autre maison. Le rond, taille moyenne, celui dont on a toujours besoin, où est-il, bon sang ? Et les coupes à champagne, en ai-je ici ? Et les couverts à poisson, ceux de la cousine qui n'étaient pas très beaux mais que je n'ai pas jetés en pensant qu'un jour ils pourraient m'être utiles ? Les ai-je finalement gardés ?

Une valse d'objets tourne dans notre mémoire, on en retient certains plus que d'autres, on revoit des gestes qu'on a faits, des visages à qui ces gestes étaient destinés, on recycle, on retape, on élimine, on déménage, on offre, on oublie, on range, mais tous ces objets sont là, avec leur histoire.

Heureusement, le chantage sentimental des objets n'a qu'un temps. Il est recouvert par d'autres arrivants, d'autres goûts, d'autres habitudes. On se dit : je vais tout acheter en double. J'aurai ce que j'aime ici et là-bas. C'est une folie qui n'a aucun intérêt. Si le petit couteau qui coupe si bien n'est pas là où vous êtes, vous aurez rendez-vous avec lui plus tard. Cela ajoutera au charme de vous déplacer, comme Blanche-Neige, de maison en maison, où tous ces objets vous attendent, sages et fidèles, pour vous servir et pour vous épater chaque fois un peu plus.

# Cris et susurrements

Le silence n'existe pas, sauf au fond de la mer. Très profondément. A l'air libre, nous baignons dans un bruissement d'ondes sonores indispensables à notre équilibre, à la conscience, à l'appréhension de nos limites. Les sourds sont souvent enfermés en eux-mêmes car les seuls mouvements qu'ils perçoivent sont ceux de leur propre corps qui résonne intérieurement, avec les battements du cœur, le souffle des poumons et les flux sanguins.

Nous avons besoin du bruit. Le fœtus dans le ventre de sa mère découvre le monde à travers des rumeurs : les voix, les chocs, les pas, les cris. C'est pour cela qu'il faut lui parler doucement, lui faire entendre de la bonne musique, le préparer au monde extérieur et lui exprimer qu'on l'attend. Sa première réaction, à la naissance, est un grand cri. De joie ou de douleur, on ne sait pas... Les deux sans doute. Plus tard ses hurlements renseigneront sur sa faim, sa colère ou la croissance de ses dents. En grandissant, les enfants apprennent à modérer leurs cris, les cours d'école à la récréation sont bruyantes dans les petites classes, beaucoup moins au lycée et presque plus en classes terminales. On apprend à obtenir sans crier, à s'affirmer sans éclats de voix. Cette modération est le corollaire de l'éducation, de la bonne intégration à un milieu, à une pensée. On occupe l'espace sonore qui nous revient. Tous égaux en droits et en décibels.

Vous voyez où je veux en venir. Les personnes qui braillent dans les téléphones portables, qui déchirent l'air avec leurs rires au théâtre, qui papotent à tue-tête dans les trains, qui s'apostrophent par-dessus les têtes dans les lieux publics, qui sanglotent bruyamment aux cérémonies et qui parlent en mangeant, bouche ouverte, font acte d'agression et enfreignent les règles démocratiques de la vie collective. Qu'ils hurlent les uns contre les autres, ça les regarde (sauf dans les appartements aux murs minces et à des heures indues), que les Napolitains, les Chinois et les Américains s'interpellent à force de voix claironnantes et nasillardes, c'est un choix culturel. Mais est-ce le nôtre ? Quoi de plus rassurant, de plus mélodieux que la voix posée d'un médecin, d'une présentatrice de télévision, d'un bon acteur ? Les meilleurs orateurs susurrent pour qu'on les écoute, les déclarations d'amour sont chuchotées et les reproches justifiés sont proférés d'une voix blanche. Les gens qui parlent fort, qui crient pour un oui pour un non, ont l'assurance de ceux qui donnent des coups de poing, c'est-à-dire aucune.

# L'âme des arbres

Depuis qu'ils ont été fauchés en si grand nombre pendant la tempête apocalyptique de Noël 1999, nous avons pris conscience de l'importance des arbres. On le savait. Un paysage sans arbres est ennuyeux, une maison sans arbres est dénudée. Mais nos arbres nous paraissent acquis, increvables, faisant partie des objets fixes de notre vie à l'enseigne des pierres, des rochers et des vagues de la mer. Qu'ils aient tremblé nous a fait trembler nous aussi. Un des fondements de notre équilibre, un pilier de notre écosystème s'est soudain révélé fragile et susceptible de nous lâcher.

C'est une vieille histoire entre l'homme et les bois. Par le passé, les grands méchants loups et les brigands s'y cachaient, aujourd'hui on sait qu'ils sont notre bon poumon et qu'ils régulent le flux des nuages. On soupçonne les coupes de la forêt amazonienne d'avoir causé les changements climatiques brutaux que nous connaissons. La désertification n'est pas une nouveauté. L'homme, de tout temps, a été responsable des mutations, en déboisant les côtes, les îles, en détruisant des forêts entières le long des fleuves pour construire des bateaux, des pyramides, des châteaux, des maisons en rondins, pour se chauffer et pour le seul plaisir du feu. Fascination du feu, des grands bûchers crépitants qui sont nos feux d'artifice actuels !

Nous savons tout cela, nous savons que nous avons modifié le climat de régions entières en supprimant les arbres, et pourtant ça continue. Impitoyablement des pépiniéristes spéculateurs arrachent les oliviers centenaires en Espagne ou en Grèce pour les vendre à prix d'or aux décorateurs du Lubéron, le long des routes on coupe les platanes coupables d'assaillir les chauffards, on décapite les cyprès, on les cisaille en tristes formes géométriques, on rase les taillis et les sous-bois pour que les machines agricoles gagnent encore quelques mètres arables. Les bosquets sont des peaux de chagrin lacérées par les routes, les voies ferrées et les poteaux électriques, on élimine les fourrés dans les vallons, toute cette haute végétation qui retenait l'eau, coupait le vent et abritait les chevreuils et les oiseaux.

Où voit-on désormais de beaux arbres ? Dans les golfs, les jardins publics, les parcs et les arboretums où ils sont soignés, bichonnés. Avec leurs cicatrices plâtrées et leurs années de croissance badigeonnées en anneaux colorés sur leurs troncs ils ressemblent à ces grands animaux tatoués dans les zoos et qui ont perdu tout air sauvage.

Dans les mythologies nordiques, les arbres ont des âmes et des forces dont on peut s'imprégner en les encerclant de nos bras. De nombreux rites, cultes, danses et incantations les entourent. Ils peuvent nous armer contre les dangers, contre les mauvais esprits, ils logent les génies, les elfes et les lutins, mais si nous leur manquons de respect, ils peuvent aussi se fâcher, nous fustiger, nous accabler et nous jeter des sorts. Que leur avons-nous fait pour qu'ils se soient courroucés si fort cet hiver ?

# Sur notre bonne mine

Quand on me dit : « Vous avez bonne mine », je me méfie aussitôt. On ne sait pas si ça veut dire : vous avez un peu grossi, vous êtes bien maquillée, vous êtes bronzée ou bien vous avez une drôle de tête, vous fréquentez un chirurgien esthétique ces temps-ci ?

Quand on va bien, ce n'est pas éclatant, ça ne se voit pas au premier coup d'œil, c'est calme et évident. Il n'y a pas à s'exclamer. Donc si on vous signale que vous avez bonne mine, c'est que quelque chose cloche.

Ne soyons pas plus royaliste que le roi, il ne faut pas négliger non plus la première impression. Un chemisier de couleur vive, un bijou qui brille, une coupe de cheveux donnent tout de suite bonne mine. C'est ce qui saute aux yeux, ce qui se remarque. Il faut y penser. Un petit coup de blush sur les joues et en avant, surtout quand on est fatiguée. La volonté de plaire est un signe de santé, la coquetterie une gymnastique corrective que je préconise. Si votre gardienne vous dit que vous êtes jolie ce matin, vous commencerez la journée de bonne humeur. Donc n'hésitons pas à nous soigner dans le regard des autres, même s'il est superficiel et trompeur. Votre effort sera récompensé par ces remarques, c'est une petite tape sur l'épaule, un encouragement. Nous sommes comme les enfants, nous avons besoin de compliments pour avoir du cœur à la tâche.

Mais nous ne sommes pas dupes. Ma vraie bonne mine, je suis la seule à la déceler en me regardant dans la glace, sans complaisance et sans flatterie. Je reconnais une brillance dans l'œil, une clarté dans le teint (avant maquillage), une précision dans les traits qui semblent redessinés, soulignés. Le sourcil est allègre, la bouche est colorée, les cernes sont dégonflés. C'est imperceptible, il faut bien connaître un visage pour repérer les signaux de la bonne humeur. Ils sont minuscules. Ils sont liés à la santé, certes, mais pas seulement. Ils indiquent un éveil intérieur, une gourmandise qui font aimer la vie, se préparer à accueillir le prévu et l'imprévu avec la même curiosité. Ils viennent d'une bonne nouvelle, d'une chance, du soleil, d'une belle saison, d'un gâteau réussi, d'une lettre d'amour. La bonne humeur est omnivore, elle se nourrit de tout !

D'un coup l'organisme vibrionne, nos chers globules rouges ne font qu'un tour et on affiche cette fameuse bonne mine des jours fastes. Le corps n'est pas un ingrat, il raconte tout. Bien sûr on dit : « Tu as bonne mine aujourd'hui » à une personne vieillissante, à un malade longue durée, pour conjurer le sort. On se rassure soi-même. On voudrait tellement que tout aille bien pour les gens qu'on aime. On dose un cocktail de vérités et de mensonges avec délicatesse et sincérité. Prends ce petit cadeau que je te fais pour affronter les luttes du jour. Les revenants d'un coma ou d'une méchante maladie parlent toujours des mots d'affection qui leur ont donné du courage.

Alors tant pis pour les contradictions. Je préfère qu'on me dise que j'ai bonne mine même si j'ai besoin de vacances plutôt qu'on me parle de ma mauvaise mine et de mon besoin de repos. Comme si je ne le savais pas !

# Le temps des cerises

Va-t-on nous voler le temps des cerises ? Ce petit fruit ultrasaisonnier est le bouton rouge de notre horloge annuelle qui déclenche une explosion de messages et de souvenirs. C'est l'approche de l'été, la fin des sempiternelles pommes et oranges de l'hiver, l'annonce des vacances, des chapardages dans les champs, le long des routes ou entre les vignes où poussent les cerisiers et les abricotiers. C'est le rappel de la gourmandise champêtre, des lèvres rougies par le jus sucré des cerises avalées à toute allure, des indigestions inévitables, purges naturelles chaque année répétées, oublieuses de celles de l'année passée. Ce sont les baisers furtifs en croquant les cerises jumelles, les vœux inavouables en mangeant la première de la saison, les interminables dénoyautages pour les confitures qui laissent les doigts violets pendant des jours. Ce sont les boucles d'oreilles de notre enfance, le parfum des clafoutis dans la cuisine, les sauces sanguines pour napper les canetons rôtis, les compotes acidulées et, suprême finition d'un dessert, la cerise sur le gâteau.

Où sont-elles, nos cerises tant attendues ? Petites boules juteuses typiquement européennes que le monde nous enviait, deviendront-elles l'apanage de l'Afrique du Sud ou d'Israël ? Où sont nos bigarreaux, nos cœurs de pigeon et nos griottes ? A peine a-t-on le temps de les voir à prix d'or sur nos marchés qu'elles ont disparu. Le soleil mal assuré des mois de juin que nous connaissons depuis quelques années ne favorise pas cette récolte. Les grêles tardives peuvent tout compromettre et les cerises sont désormais un fruit rare et précieux dont le prix ne chute jamais. Faudra-t-il se priver du plaisir unique de ce fruit qu'on met tout entier dans la bouche, comme un bonbon, et dont on recrache le noyau au loin en faisant de furieux concours de tir ? Sans oublier le petit claquement de la queue qui se détache du fruit au ras des dents, et l'éclatement rafraîchissant de la chair contre le palais. Un fruit pour les enfants, puisqu'il ne nécessite aucune préparation, pas de fastidieux couteau, de fourchette ou de cuiller, pas besoin de peler, de couper, de nettoyer. Un coup d'eau et ça y est. Les parents sont contents. Enfin, les enfants aiment les fruits.

Dans les pays du sud de l'Europe, autour de la Méditerranée, on mange les cerises avec du pain, plat pauvre du premier été. Seront-elles à l'avenir une denrée de luxe, dans le triste catalogue des fruits en passe de disparaître ? Ces arbres communs de nos jardins et de nos campagnes dont les fleurs ont fait chanter les poètes seront-ils une espèce protégée ? Je me revois avec mes camarades de classe découvrant avec excitation une branche inaccessible courbée sous le poids des cerises mûres, je me souviens des bonds que nous faisions pour attraper une feuille, tirer à nous cette manne et remplir les poches de nos tabliers. C'était exquis. C'était permis. C'était gratuit.

Je ne veux pas rater le temps des cerises. Ma décision est prise. Je vais planter un cerisier, je le soignerai comme un bégonia et je guetterai le moment de la cueillette, si les oiseaux ont la bonté de ne pas se servir avant moi !

# Le blanc

On y revient toujours. On a beau en être dégoûtés par moments, rejeter son traditionalisme et son classicisme, le blanc reste une plage éternelle et sûre qui nous protège des vagues de mauvais goût et des déviances improbables de la mode. D'ailleurs les modernistes le vantent eux aussi, ils l'ont récupéré comme une trouvaille anticonformiste

Pourtant quelle barbe tous ces draps de lin et ces nappes impossibles à repasser, hérités des trousseaux de nos grands-mères ! On voudrait bien s'en débarrasser mais chaque fois qu'on fait l'effort de les sortir, la maison prend une allure royale, irrésistible et rassurante. Quoi de plus élégant qu'un lit tout blanc, agrémenté de petits coussins emmaillotés de taies brodées, toutes différentes ? Quoi de plus festif qu'une tablée toute blanche qui met en valeur les assiettes et l'argenterie, avec les grandes serviettes qu'on peut nouer autour de son cou ? Les marchés aux puces ne s'y trompent pas ; il y a toujours une clientèle pour ce linge de maison. Les marchands vendent à prix d'or les napperons chiffrés ou les couvre-lits de piqué, même rapiécés, c'est encore plus chic. Quelquefois, coup de chance, on tombe sur une parure à nos initiales, l'été dernier j'ai trouvé une chemise de nuit de coton blanc brodée MM. Je l'ai achetée aussitôt, moi qui ne porte jamais de chemise de nuit... Je l'ai mise une fois, en robe.

Le blanc éveille notre désir de pureté, de propreté immaculée, car le blanc ne tolère pas la moindre tache. Le blanc éclatant nous positionne parmi les êtres civilisés, de la toge des statues grecques à la chemise de smoking, en passant par la culotte Petit Bateau et la blouse d'infirmière. Le blanc est une couleur qui n'existe pas, il est l'absence de couleur ou toutes les couleurs du spectre de l'arc-en-ciel réunies. C'est une invention de l'homme, une abstraction, une pensée. Le blanc délivre à la robe de mariée, à la soutane du Pape, au panache de Henri IV ou au cheval du Prince Charmant des contes de fées une signification, un mandat qu'il est seul à donner. Le blanc oblige, s'impose et triomphe. Il est un défi au salissement, au flétrissement. Djellaba du riche qui peut s'offrir de ne la porter qu'un jour, des serviteurs la nettoieront dès le lendemain, attirail du *latin lover* — que serait-il sans ses costumes de lin et son panama ? —, le blanc est le symbole du luxe et du raffinement.

Cache-cache de notre enfance entre les draps étendus sur la terrasse, sueurs de nos examens devant une feuille de papier vierge, absolu du peintre Malevitch, mouchoir des urgences agité à la vitre d'une voiture pressée, le blanc nous aveugle pour mieux nous infliger sa candide dictature. Il a envahi nos canapés, nos rideaux, nos meubles, nos salles de bain et nos cuisines. Inutile de lui tenir tête ; on ne peut pas se passer de lui.

# Les sports

Roland-Garros bat son plein. Les télévisions crépitent de balles de match que personne ne doit rater et les enfants terminent les dernières semaines d'école en T-shirt à l'effigie d'une grande marque de chaussures de tennis et bandeau antitranspiration porté par leur champion favori. Il n'y a plus une raquette à vendre dans les grandes surfaces et le petit court de tennis polyvalent que j'entrevois de ma fenêtre est assailli de débutants essoufflés.

Heureusement il y aura bientôt le Tour de France, tout le monde sortira les vélos, puis les 24 heures du Mans, on poussera sur l'accélérateur sur les autoroutes, et les championnats de planche à voile, pour se fracasser sur les cailloux des plages. Après s'être foulé quelque poignet en varappe et broyé les tendons du pied en raft, on reprendra enfin les diverses coupes de foot, les slaloms alpins, les traversées de l'Atlantique en solitaire et les mêlées furibondes autour d'un ballon ovale. Un matériel considérable s'entasse dans les placards, les étagères croulent sous les monoskis et planches en tout genre, sans compter le canoë pliant qui prend une place de sarcophage, debout derrière la porte. Chaque sport de combat nouvellement débarqué sur le marché réclame un équipement spécifique, boxe chinoise, française, judo et lutte gréco-romaine, avec leurs gants, leurs tatamis et leurs casques. On a calculé que les accessoires sportifs occupent la troisième place parmi les achats personnels non de première nécessité, après la parapharmacie et, hélas, le tabac. Nous cultivons les paradoxes sans aucun complexe, tous à l'unisson. Les hôpitaux se remplissent chaque week-end de fractures de chevilles et de genoux déboîtés, mais la vente des rollers s'accroît et se propage à toute la famille. Les sports sont un lien familial, social, et une entente nationale. Le chauvinisme de nos journalistes sportifs fait sourire mais ravit tous les Français. Cocorico, on est les meilleurs, et quand on gagne, l'économie se porte mieux.

Je prône l'exercice physique et la vie au grand air,

je m'enfuis dès que je le peux hors de la pollution de la ville, mais j'ai délimité le rayon de mes mouvements à la marche, un peu de jogging quand je suis courageuse, la natation, la bicyclette (de femme) et le rock'n'roll, qui fait bien transpirer quand on a un bon partenaire. J'admire les stakhanovistes du golf et du squash, les accrocs du ski ou de la voile, mais je constate qu'ils héritent toujours d'une épaule luxée ou d'un tennis elbow qui les handicape pour le restant de leurs jours. Ils conservent ces stigmates avec fierté comme des trophées de leurs mérites sportifs. J'ai de la tendresse pour les pêcheurs à la ligne ventrus, les joueurs de pétanque bossus, et les randonneurs tannés par le soleil. J'aime les dames rêveuses assises sur les bancs publics, et celles qui adorent leur jardin, courbées sur leurs rosiers. Le sport tel que nous le vendent tous les championnats télévisés a remplacé, pour les nouvelles générations, les activités physiques que nous offre, inépuisable, la nature.

# Option vacances

La notion de « vacances » évolue d'année en année. Pour les enfants, cela reste la fin de l'école, le cartable à la remise et le réveil débranché. C'est la libération du train-train quotidien, et pour les ados, le rêve d'aventures. Les cousines grandissent. Les plages se recouvrent de femmes sans soutien-gorge, il faut aller voir tout ça. De quoi faire un pas dans la vie adulte. Les vacances sont le théâtre d'émotions sentimentales et sexuelles. Car si en classe on parle de préservatifs et d'interruption de grossesse, on ne met pas l'accent sur les aspects passionnants de la sexualité, pourtant au cœur du sujet.

Pour les plus grands, le choix familial est conditionné par les enfants, même si on aurait préféré plusieurs coupures de quelques jours, pas forcément aux mois d'été, parfois pour rester à la maison, mettre de l'ordre dans ses affaires et dans sa tête... Les débats s'engagent. Il faut impérativement faire un passage chez les grands-parents, paternels et maternels, le même nombre de jours chacun, pour ne pas faire de jaloux. Chez Mamie on prend trois kilos, avec ses terrines de canard et ses meringues. Après, il faut faire un peu de sport. La mer ? La montagne ? La chaleur ? La fraîcheur ? L'Écosse ? L'Espagne ? La Grèce ? Le Maroc ? En avons-nous les moyens, cette année ? C'est vrai que les forfaits dans les clubs de vacances coûtent de moins en moins cher.

Les prospectus s'accumulent sur la table, tout le monde les consulte, fait ses commentaires. Les filles veulent la Méditerranée, les garçons la Scandinavie. Papa veut la vie sauvage, maman les temples grecs. On ne va pas s'en sortir.

Le temps passe. Le premier coup de téléphone à une agence est peu encourageant : tout est déjà plein. Les voyages disponibles ne sont pas du tout ceux qu'on avait rêvés. Les prix pas exactement les mêmes que sur les brochures, toujours un petit supplément pour une chambre à deux lits, un bungalow isolé, une cabine sur le pont supérieur. Les imaginations partent dans tous les sens, les pays défilent comme les icônes d'un jeu informatique, dans la grande compétition du tourisme, où chacun vante sa cuisine, ses paysages, ses traditions et ses jolies filles.

Petit à petit se profile l'envie de tout envoyer promener. Et si on se baladait en France ? Si on profitait des gîtes ruraux dont nos amis nous parlent tant, si on visitait nos mers, nos rivières, nos collines, nos torrents au fond des gorges montagneuses, nos campagnes en pleine moisson, en nous baignant chaque jour dans une eau différente, en mangeant des poissons de l'Atlantique, d'eau douce, de lac, de calanque, en découvrant chaque fois un vin nouveau de notre belle France aux cent visages ? Et si on visitait les abbayes cisterciennes qu'on n'a jamais vues qu'en photo, en pique-niquant sous un figuier dans le parc ? Si on improvisait un itinéraire chemin faisant, en séjournant quelques jours dans les endroits qui nous plaisent, au hasard du temps et des rencontres ? N'est-ce pas l'aventure ? Le dépaysement ? Et comme ça on pourra emmener le chien et papa sera content d'amortir la clim de son nouveau break...

# L'été de tous les dangers

Les kinés, ostéopathes et chiropracteurs se frottent les mains, jamais ils n'ont fait de si bonnes affaires. Ils attendent l'été avec confiance, les hôpitaux ne chômeront pas.

Il y a les matchs de tennis sur le court bosselé par les racines souterraines, on n'a pas joué depuis l'année dernière. Foulures. Fractures du coude. Poignets. Genoux.

Il y a les heures qui suivent la parade en rollers dans Paris le vendredi soir. Tendons déchirés. Entorses. Traumatismes crâniens. Ecchymoses en tout genre.

Il y a les lendemains de jogging. Crampes. Essoufflements. Ce sont les cardiologues qu'on appelle le dimanche, de toute urgence.

Il y a les randonnées à vélo. Chevilles et poignets tordus. Vertèbres en compote. Lombaires en lumbago.

Le ping-pong frappe aussi. Doigts écrasés. Coudes déboîtés.

Le golf, sport pacifique, ne plaisante pas non plus. Clavicules brisées et tours de reins.

Le bricolage et le jardinage font leurs dégâts, mais ça c'est toute l'année. N'oublions pas les voitures décapotables. Pas question, par cette belle journée, de mettre un disgracieux bonnet ou un foulard. Torticolis assuré.

Et puis il y a les mules. Cette année elles font fureur. A talons, en babouches, à semelles compensées, en plastique, en bois, en corde, on dirait qu'ils se sont donné le mot pour nous faire trébucher, clopiner et finalement nous étaler en montant dans l'autobus, en paumant une mule sous la voiture. De la folie. Elles sont sans doute très jolies, ces chaussures ouvertes qui s'enfilent voluptueusement en glissant le pied, mais avez-vous essayé de marcher avec ? Elles s'échappent comme des anguilles, vos doigts de pieds recroquevillés auront bien du mal à les retenir. Il faut penser à chaque pas qu'on fait, un travail d'équilibriste. Observez la démarche des femmes qui en portent. Elles ont l'air d'avoir été opérées des deux hanches et ressemblent plus à des canards qu'à Cendrillon pendant le bal.

Soyons raisonnables. Bien sûr, tout cela est très tentant. Voir filer les patineurs sur leurs roulettes de caoutchouc, c'est grisant, mais leur avez-vous demandé combien de chutes ils ont faites, combien de personnes ils ont embouties, en déboulant à toute allure sans qu'on les entende ?

Et pourtant des familles entières s'équipent et s'y collent. Le fils soutient papa, papa soutient maman, la petite dernière pleurniche à la traîne, mais tant pis, il faut être à la mode et grimper sur ces instruments sournois.

Bref, les magasins de chaussures regorgent de mules pour que les jolies filles se déforment les pieds et se foulent les chevilles, on se jette sur les raquettes de tennis, de ping-pong, de badminton au premier rayon de soleil, on frime en décapotant les voitures, on s'acharne sur les pédalos...

Vous avez l'adresse d'un bon kiné ?

# Le feuilleton des régimes

Je les ai tous essayés. Montignac, protéines, Weight Watchers, fruits, gelée royale, produits lactés, jeûne absolu, cure de raisin, de pommes, de poisson, de riz zen, d'algues, de jus de carotte, d'eau de cuisson des poireaux et autres écoles de nutrition d'Orient et d'Occident. Je ne connais qu'une seule diète efficace : ne pas manger. Manger peu, très peu. Réduire toutes les quantités, et, constante invariable et inévitable : supprimer les sucres et le vin.

Depuis l'adolescence, je combats quelques kilos superflus qui m'empêchent d'entrer dans les robes de ma taille, et surtout les pantalons. Selon mon état intérieur, mon moral, mon humeur, je me décide à entreprendre un régime ou pas. En général il avorte au troisième jour, et quelquefois, on ne sait pas pourquoi, je m'y tiens. Les résultats se font aussitôt sentir. La deuxième semaine est magnifique. Les trois premiers kilos, les plus visibles, s'envolent à ma grande joie et à celle de ma balance. Puis ça se complique. Forte de ma première victoire, je relâche la sévérité et c'est fatal. Sanction immédiate, le poids stagne, quand il ne remonte pas un peu. C'est là qu'il faut inventer quelque chose, un jeu, un bras de fer avec soi-même, assorti de punitions, vœux, récompenses, chant de gloire ou lamento de honte.

Qu'importe le type de régime, l'important est la règle du jeu, la promesse. On est comme un joueur d'échecs sans adversaire, on avance les pions des deux camps, sans tricher, sans faiblir. On est pour celui qui gagne et pour celui qui perd. On est à la fois celui qui ordonne et celui qui obéit. Celui qui console et celui qui châtie. On est du côté du bien qu'on se fait, mais aussi du côté de la fronde qui s'organise en nous. Naturellement la vie (sociale-mondaine-familiale-les fêtes-les dîners) se charge de donner un coup de pied dans l'échiquier et de remettre le boulier à zéro. Mais on reprend le bâton de pèlerin, on remet la cathédrale en chantier, tel un castor infatigable qui reconstruit ses digues balayées par les crues.

Le jeu ne peut pas durer plus de deux ou trois mois. Au-delà l'ennui s'insinue, les astuces et les combines pour doper la vigilance s'éventent. Comme aux enfants difficiles à nourrir on ne fait plus passer le veau haché pour de la purée de banane, on ne peut plus s'extasier sur un yaourt 0 % à l'aspartam comme si c'était une crème brûlée caramélisée... Quand j'arrive à ce stade, je ne lutte plus. J'arrête. Je m'ouvre une bonne bouteille pour sonner le glas du régime défunt et j'attends qu'une nouvelle pulsion me redonne, plus tard, l'énergie d'essayer un autre régime. Ils sont tous bons. Ils sont tous ludiques. Il suffit que le déclic se fasse, comme on a soudain envie de jouer aux cartes ou de faire un scrabble.

Mais quand notre santé est vraiment en danger et qu'il faut suivre un régime, ce n'est plus un jeu, on suit les indications à la lettre, sans discuter.

# La légende du soleil

Enfin on tire la sonnette d'alarme. Il y a longtemps que je le clame : le soleil est un faux ami. On se laisse caresser par ses voluptueux rayons et on attrape des taches sur la peau qui peuvent se transformer en catastrophe.

Nos grands-mères le savaient bien, en été elles vivaient sous des ombrelles et de grands chapeaux de paille. On déjeunait dans la maison, volets à moitié fermés, et si on pique-niquait, c'était sous le feuillage épais des grands arbres. Sur les plages le parasol ou la tente étaient de rigueur, et quelquefois la voilette de mousseline enroulée autour du cou contre le sable et la réverbération insolente qui risquait de compromettre la blancheur du teint.

Après la guerre on a découvert le plein air. Une vraie révolution. Les premiers maillots de bain deux-pièces ont fait scandale. Les femmes ont commencé à exposer leur corps, la gymnastique devint obligatoire pour muscler les fesses molles et les abdominaux enrobés. La silhouette des femmes a changé, ce fut un grand progrès. Mais on a oublié les méfaits du soleil.

Depuis une quinzaine d'années, les cancers de la peau dus à une trop longue exposition au soleil ont décuplé. On dit que le soleil n'est plus ce qu'il était, avec les trous dans la couche d'ozone, etc. De tout temps, les gens qui vivent dans des pays de chaleur se couvrent la tête de chapeaux tonkinois, de turbans, de voiles, et le corps de djellabas jusqu'aux pieds, de boubous et de saris. Ils savent qu'il faut se protéger. Seules nos pâles Suédoises ou nos rousses Irlandaises sillonnent les pays du Sud en minishort, les épaules nues en plein mois d'août à midi. Les jolies taches de rousseur peuvent devenir de meurtriers mélanomes...

Le soleil ça se consomme à l'ombre, en mangeant des fruits et des légumes qui ont poussé au soleil, en regardant la mer scintiller au loin, la tête couverte et les yeux sous des lunettes fumées. Le soleil des mois d'été tant attendus est un charmeur perfide qui ne vous veut pas que du bien. Sans compter les refroidissements quand on prend un courant d'air après avoir bien transpiré, ou les coups de bambou après un verre de rosé... Et vous trouvez ça beau, vous, ces visages ridés couleur brique de Peaux-Rouges ou de marins bretons ? Les femmes trop bronzées obtiennent l'opposé de l'effet recherché, elles prennent un coup de vieux qui s'installe, car avec le temps le hâle ne s'en va plus d'une année sur l'autre.

La sagesse s'allie à l'esthétique : gardons nos peaux à l'abri du soleil sous de fraîches chemises de coton ou badigeonnées d'écran total, et si vous aimez nager longtemps, avez-vous essayé le T-shirt léger qui flotte délicieusement dans l'eau autour de la poitrine enfin libérée des baleines de soutien-gorge ?

# $H_2O$, l'élixir de vie

L'homme ne descend ni du singe, ni de la mouche, ni de la pomme. L'homme vient de l'algue. De l'eau. Des organismes marins. Des mollusques. La vie est apparue sur la planète dans la mer, puis doucement sur les rivages, avec l'oxygène. Notre corps est constitué à 90 % d'eau, nous sommes conçus par un liquide séminal et nous grandissons dans le ventre de notre mère en flottant dans ses eaux. Du biberon au yaourt, du café au lait à la garbure, nous avons besoin d'absorber de l'eau.

Je suis particulièrement sensible à la qualité de l'eau. Je suis collectionneuse et goûteuse d'eaux minérales et je comprends les fréquentateurs des bars à eaux. (J'aime bien le vin aussi, mais ce n'est pas le sujet, encore qu'il soit principalement composé d'eau...) Je connais, pour avoir vécu dans des pays où l'eau était rationnée, la valeur de l'eau. Elle est la vie même, on ne peut pas s'en passer.

Certains historiens racontent les mouvances de l'humanité par le tracé des cours d'eau. Les guerres, les migrations, les épidémies, les inondations, les barrages et les détournements de rivières. Aujourd'hui, la carte hydrographique du monde est inquiétante. Ce sera le grand souci du millénaire à venir. La planète se dessèche, les déserts s'agrandissent, les fleuves se tarissent. On dit que dans dix mille ans l'Europe sera comme le Sahara. Nous sommes en grande partie responsables de cette évolution. L'homme industriel et toujours plus demandeur de richesses bouleverse l'équilibre de la Terre. Heureusement on a trouvé de l'eau sur Mars, signe de vie antérieure, espoir de vie future. Nous émigrerons peut-être là-bas quand ce sera invivable ici ?

$H_2O$, une simple petite formule qui soumet l'homme. Elle est notre potion magique, l'élixir de vie. Pas surprenant que les religions l'aient utilisée comme symbole. On baptise dans l'eau, on bénit l'eau, l'eau purifie des péchés, on se baigne dans le Gange, on se rince les mains avant les prières islamiques, avant les repas de fêtes religieuses, on divinise les sources en Afrique, on fait des offrandes aux esprits des oasis, on partage l'eau de Lourdes à l'Assomption. Nous sentons qu'il existe une vertu essentielle dans l'eau.

L'eau est précieuse, il ne faut pas la gaspiller. Tant qu'on a la chance de ne pas en manquer, il faut se doucher avec mesure, arroser les plantes sans excès, ne pas faire de machine à laver la vaisselle à moitié pleine et réparer les robinets qui coulent. J'aime l'eau. J'ai le culte de l'eau. J'aime plonger dans l'eau, m'immerger. Je nage avec bonheur dans les piscines, dans la mer, dans les lacs, les rivières, je me sens bien en apesanteur dans l'eau, j'ai le sentiment d'être moi-même, indépendante et libre. Je me libère du poids de la vie et je redeviens le petit poisson ancestral que j'ai sûrement été.

# Les ciels mystérieux

Les Américains s'en émerveillent, ils n'ont jamais vu de ciels étoilés comme chez nous en Europe. Les nuits du mois d'août, en effet, sont miraculeuses. Les étoiles sont si nombreuses, elles brillent tellement qu'elles semblent tout près de nous, à portée de la main. Je passe une bonne partie de ces nuits allongée dans mon pré à guetter les étoiles filantes et j'entraîne mes amis à en faire autant. Un tri naturel se produit. Ceux qui rechignent, ceux qui ironisent sur ma patience et les heures passées à scruter le ciel, sont les non-poètes qui s'éliminent tout seuls du cercle des amoureux des étoiles. Les autres, vétérans ou néophytes, partagent avec moi ces instants magiques, intemporels et uniques.

Les enfants sont particulièrement réceptifs. Attendre l'heure des étoiles retarde pour eux celle du coucher. La nuit a toujours fasciné les petits, comme un lieu interdit et convoité. Ils adorent les feux de camp, les veillées et les escapades nocturnes où les arbres familiers prennent des formes inquiétantes qui procurent de délicieux frissons. Couchés dans les foins avec les adultes, ils se sentent promus à la condition de « grands ». Si on leur raconte l'histoire de la Lune, des planètes et des météores, ils sont transportés dans le monde du Petit Prince où les enfants sont immédiatement acceptés. Plus l'aventure est grande, plus ils se sentent chez eux. Les histoires fantastiques de la création du monde ne les effrayent pas.

Quand je vois une étoile filante en même temps que l'homme que j'aime, je suis persuadée que nous avons fait le même vœu et que notre amour a reçu l'approbation du Ciel. Je ne puis m'empêcher d'y croire. Pure superstition, vous me direz, mais comme elle est jolie ! Quel suspense ! Quelle émotion ! On a l'impression d'avoir gagné au loto, d'être riche. Être témoins ensemble d'un phénomène fugace, presque exclusif, est comme une bénédiction. Un signe d'entente, d'harmonie avec l'univers.

Le mystère perdure. Y a-t-il de la vie là-bas, au fond

des galaxies ? Sommes-nous les seuls à observer l'espace, à envoyer des sondes, des fusées, des messages ? Les scientifiques continuent à s'étriper sur le sujet. Des milliers d'amateurs passionnés sont reliés sur Internet et ont créé une banque de données commune au service de cette recherche farfelue que les États ne veulent pas financer. Pourtant nous sentons que l'avenir est là, dans ce monde infini qui nous entoure, que nous commençons à entrevoir.

On a marché sur la Lune, irons-nous tester Mars la froide, au cœur de laquelle on pense que l'eau gargouille ?

Depuis l'Antiquité, le ciel est étudié, invoqué, interprété. Ai-je une bonne ou une mauvaise étoile ? J'interroge le ciel comme je regarde une œuvre d'art. Reconnaissante, humble et envoûtée.

# Des souris et des livres

Il est probable que les jeunes ne lisent pas assez, mais il me semble que les livres ont gardé leur importance dans la vie de tous. Dans le métro, dans les trains, une personne sur deux lit un livre. Pas des bandes dessinées ou des romans-photos, de gros pavés écrits petit, des classiques, de la littérature étrangère et les derniers romans parus. Dans les jardins publics, sur les bancs des grandes avenues ou des places ombragées, je vois sortir des sacoches un sandwich ou un gâteau, et un livre écorné qui a déjà été lu par plusieurs personnes, dirait-on. Des livres qui circulent, qu'on se signale, qu'on découvre.

Les bibliothèques municipales grossissent leurs stocks et ne désemplissent pas. J'applaudis des deux mains, et même si les droits d'auteur sont un peu ponctionnés par ces lectures gratuites, un bon livre engendrera de futurs lecteurs impatients de retrouver l'auteur à son prochain ouvrage, quitte à l'acheter. C'est le principe de l'incitation, le « dumping » que pratiquent les Américains et les Japonais dans les pays en voie de développement en distribuant à bas prix les produits auxquels ils vont fidéliser les populations.

Donnons des livres, offrons des livres, ils feront leur chemin, leurs armes et leurs bienfaits sont en eux-mêmes, aucune sirène de publicité, aucune campagne gouvernementale n'est meilleure qu'un bon livre. La rencontre avec un auteur, avec des idées, des images, des observations, des propositions nous intrigue et nous construit. En vérité nous sommes un réservoir des pensées des autres que nous emmagasinons, que nous étudions et que nous filtrons. L'exercice binaire oui-non, j'accepte-je refuse, je suis d'accord-pas d'accord, j'aime-j'aime pas, qui est le fonctionnement de l'intelligence, commence par la lecture. S'il est remplacé aujourd'hui par une souris avec laquelle on clique continuer-annuler, enregistrer-effacer, ouvrir-fermer, ces options contradictoires demeurent le cheminement de l'intellect dans le labyrinthe de notre personnalité. Mais la neutralité des questions nous laisse dans une solitude que la lecture comble. Un livre tient compagnie, il nous complète.

D'ailleurs le choix d'un livre en dit long sur nous. Nos goûts, nos fantasmes, nos ambitions, notre niveau culturel. Ceux qui ont besoin d'évasion aiment les romans et les biographies historiques, ceux qui sont curieux aiment les essais, ceux qui sont passionnés par l'actualité aiment les livres politiques. Mais tous font un pas vers un inconnu, vers une pensée, des connaissances, une fantaisie : ceux de l'auteur. Aucun ordinateur ne pourra remplacer cela, la rencontre avec l'autre. La confrontation avec un humain qui a réfléchi sur un sujet qui vous intéresse, qui s'est documenté, qui veut vous convaincre. Il vous permettra de vous étonner, de vous émouvoir, de vous indigner ou de vous enthousiasmer, c'est-à-dire d'être humain à votre tour.

# Aimer l'État

Aimer l'État n'est pas une chose facile. C'est d'ailleurs le grand handicap de ceux qui nous gouvernent auprès des jeunes, des populations nouvelles, de tout le monde en fin de compte, dans une désaffection générale de la chose publique.

Autrefois on aimait son roi, on le vénérait, on l'imitait, ou on le haïssait et on lui coupait la tête. Avec la plus franche et libératrice sentimentalité. Puis on a aimé la République, c'était plus abstrait mais on pouvait y engouffrer le patriotisme avec tout son cœur. Certains ont vibré ensuite pour le collectivisme, l'Internationale ou le monde sans frontières. On se réunissait dans les cellules, animés du même élan.

Tout cela était du ressort des sentiments, de la sensibilité, de l'aspiration à une vie meilleure, sinon pas pour tout de suite, du moins pour les générations futures. On supportait les guerres, les hoquets de l'Histoire, les bévues des chefs d'État, parce qu'on avait une vision sentimentale de la politique. Cette vision influait sur toutes les actions de la vie, le choix d'une profession, d'une résidence, d'une compagne, d'un compagnon, du style d'éducation des enfants.

Aujourd'hui nos dirigeants sont « sondés » chaque jour, on en sait plus sur eux qu'ils n'en savent sur nous. Il faut qu'ils satisfassent à tout prix (au moins en apparence) nos désirs et nos besoins quotidiens. Mais personne ne nous demande : Est-ce que vous l'aimez ? Iriez-vous au feu pour lui ? Pour ce qu'il dit ? Pour ce qu'il incarne ?

Les reproches sont toujours les mêmes : il (ou elle) n'a pas tenu ses promesses et on change de ministre comme on change de médecin, infidèles et sans remords.

Les derniers grands héros de la politique sentimentale furent des chefs militaires, généraux, maréchaux et autres colonels. Ceux qui les ont aimés ont encore des trémolos dans la voix pour parler d'eux. On les adorait, on leur pardonnait tout. Mais la guerre est finie, et avec elle la Patrie-Passion, les sentiments-ciment de la nation, le sacrifice du présent.

Il faut se réjouir de cette dépassionnalisation de l'État, signe d'évolution et de progrès de nos pays à la pointe de la civilisation. D'autres régions du monde n'en sont pas encore là, ce sont ces décalages qui rendent la mondialisation si délicate. Ce qu'il faut aimer aujourd'hui, c'est *nous-mêmes*, nos réflexes désormais naturels de justice et de démocratie, notre recherche incessante d'amélioration de la vie, par l'éducation, par la médecine progressiste, par l'art contemporain, par la bonne utilisation de l'argent, de la nature, de nos talents. L'État, c'est nous. C'est directement notre volonté et notre espoir. Quand les jeunes comprendront combien c'est exaltant, ils iront voter en masse. Pour être *dans* l'État. Pour être l'État.

# Les portables

Dans vingt ans, paraît-il, chacun aura son téléphone portable. Les lignes fixes seront obsolètes, et je connais déjà des personnes qui n'en ont plus. Pourquoi payer deux abonnements quand on peut vous joindre directement, vous laisser des messages et bientôt vous envoyer un e-mail sur le même appareil ? Les enfants sont familiarisés avec ces techniques, ce ne sont pour eux que des mini-ordinateurs qu'ils ont appris à manier dès l'école primaire.

Il faut donc s'incliner devant cette avancée du progrès, si ce n'est s'en émerveiller. Soit. Les bienfaits des portables, qui ont permis de communiquer avec des personnes en détresse au fond des gouffres et en haut des glaciers, sont indéniables. Dans la vie quotidienne, on est tellement habitués à se parler d'un taxi ou d'un train, ou tout simplement de la rue, qu'on trouve cela normal. Rien n'est si vite assimilé qu'un confort ou une aide matérielle. Mais on n'a pas encore bien mesuré les changements de comportements que ces facilités engendrent.

Je ne veux pas revenir sur la mauvaise éducation de ceux qui braillent dans leurs portables dans les lieux publics, ou qui interrompent constamment un dîner ou une conversation en répondant à leurs appels sur leurs portables allumés, ceux-là ne pratiquent sans doute pas cette seule indélicatesse. La pudeur et la discrétion retiennent les gens civilisés d'imposer aux autres le récit de leurs affaires personnelles. Un code du bon usage — et les factures salées — nous fait parler à l'écart, à voix basse, en écourtant les conversations indispensables. Mais que se passera-t-il quand les communications ne coûteront presque plus rien ? Quand tous les adolescents en mal de discussion non-stop, tous les esseulés en mal de compagnie, tous les clandestins de l'amour auront à leur disposition ce palliatif ? Les moyens de transport, les jardins, les halls et les couloirs bruissent déjà de ces monologues qui donnent aux accros du portable un air décalé et absent.

Qu'adviendra-t-il de la communication directe, des rendez-vous en chair et en os ? Fera-t-on l'effort de se rencontrer, quand on peut échanger si rapidement par le biais d'un téléphone, qui bientôt pourra aussi nous donner sur petit écran l'image de celui qui nous parle ? Les échanges physiques se réduiront-ils aux actes essentiels, faire l'amour, soigner, nourrir les enfants ? La solitude n'ira-t-elle pas en s'accroissant ? Aujourd'hui on danse seul, on écoute de la musique seul dans un walkman, on mange seul, et l'alcoolisme solitaire fait des ravages. La communication n'est-elle pas en train de tuer la convivialité ? Vaste question que je ne suis pas la première à poser, et que le développement galopant des portables souligne encore. Chacun devra s'adapter, trouver sa clé du futur. Moi, je m'interroge.

# Les supermarchés de la beauté

Souvent on me dit : « Vous devez avoir une peau bien abîmée par tout ce maquillage de cinéma et de théâtre... » Erreur. C'est exactement le contraire. Le maquillage et le démaquillage entretiennent la peau. Les dermatologues sont formels : les femmes qui n'utilisent pas de produits de beauté ont une bien plus vilaine peau que celles qui se maquillent. Ce petit massage biquotidien et le rendez-vous avec le miroir sont la garantie de la santé de notre peau.

Les crèmes, les fonds de teint, les laits démaquillants, les toniques et les crèmes solaires sont un bouclier contre les agressions de l'air et de tout ce qu'il contient. J'ai vu deux photos comparatives entre une agricultrice qui était toute la journée au grand air et sa sœur jumelle, secrétaire d'un cabinet immobilier. La première semblait l'aînée de l'autre de dix ans. Il s'agit donc principalement de se protéger. Aucun produit ne fait de miracles, mais tous ensemble, et en les variant, les produits de beauté conservent la peau et adoucissent les traits.

Les femmes ne s'y trompent pas. Le rayon des cosmétiques s'agrandit d'année en année dans les grands magasins et les parfumeurs rivalisent de nouvelles crèmes, de nouvelles eaux de toilette. De véritables « supermarchés de la beauté » fleurissent ici ou là. On voit les caddies ou les paniers se remplir des nouveautés, souvent coûteuses. Les comptoirs de parfums sont notre coin privilégié, l'endroit où nous nous occupons de nous-mêmes, dans le secret et la gourmandise. Les annonceurs le savent bien, on nous bombarde de publicités, plus de la moitié des budgets concernent la beauté : les shampooings, les teintures, les rouges à lèvres, les vernis à ongles, les soins de jour, de nuit, les antirides, les cache-cernes... Il y a de quoi faire des expériences !

Dans un film de Godard, *La Femme mariée*, j'étais une jeune femme déboussolée, étourdie par tous les messages publicitaires qui envahissaient sa vie. On me voyait marcher, l'air inquiet, sous de grandes affiches de soutiens-gorge, de bouches géantes suçant d'audacieux rouges à lèvres, de chevelures au vent. On allait vers 68, la révolte contre la consommation grondait. Le film dénonçait les abus du matraquage de la publicité. Ce n'était que le début !

Trente ans plus tard, nous devons constater que les progrès de la cosmétique sont accessibles à toutes, et que les jeunes filles d'aujourd'hui sont plus naturelles, mieux maquillées, qu'elles soignent leur peau et qu'elles blanchissent leurs dents. Les traits noirs sur les yeux, les bouches rose fuchsia et les crinières décolorées ne sont plus de mise. On valorise le caractère d'un visage, la personnalité prime sur la joliesse. Nos jeunes actrices ne sont plus des poupées Barbie. La bonne santé de la peau est à la portée de toutes.

A voir la queue chez les parfumeurs, on comprend que c'est une sacrée affaire. Nous sommes une mine d'or car nous sommes prêtes à de grands sacrifices pour être belles. Tant pis si nous engraissons les publicitaires !

# Les ados du millénaire

Un de mes voyages en train, toujours très instructifs, m'a donné l'occasion d'observer un groupe d'adolescents qui rentraient d'une colonie de vacances. Ils jouaient à des jeux très compliqués, inconnus de moi, avec une vivacité et une concentration qui leur donnaient des visages éveillés et curieux.

Garçons et filles étaient habillés de la même manière, Nike, jeans larges, T-shirts sans inscription, et casquettes. Leurs cheveux courts identiques ne laissaient pourtant aucune ambiguïté sur leur sexe. Ils avaient les mêmes expressions, les mêmes mots, les mêmes opinions. Une parité naturelle se dégageait de leurs échanges, et malgré les taquineries éternelles entre garçons et filles, personne ne se sentait plus fort que l'autre. Les filles gagnaient souvent aux jeux, sans triompher, et les garçons ne paraissaient pas en souffrir.

J'ai pensé alors qu'un progrès formidable a été accompli. Les hommes se féminisent, perdent leurs grands airs machos et dominateurs, et les filles se virilisent, ne minaudent plus comme des mijaurées. Les garçons ont compris que les allures de pitbull ne séduisent plus les filles, et les filles cherchent à participer à la vie à l'égal des hommes en les soulageant du devoir de les prendre en charge. J'ai entrevu les flirts, les ébauches de couples qui s'étaient sans doute formés au cours de l'été, et j'ai constaté avec plaisir qu'ils étaient pudiques, intenses et responsables.

On parle sans cesse des jeunes rebelles qui viennent casser les vitrines des villes, je pense qu'ils sont une minorité et que l'ensemble de nos ados sont beaucoup plus mûrs, plus intelligents que nous ne l'étions à leur âge. Ils ont une aisance que les moyens de communication accroissent, ils sont les utilisateurs experts des équipements technologiques existants et à venir, bref le monde leur appartient et ils y mordent à pleines dents. Il y a eu une génération difficile, frileuse pour les uns, violente pour les autres, mais aujourd'hui les 14-15 ans ont de beaux regards d'enfants sans complexes. Il y a bien les timides, les casse-cou, les introvertis, les surdéveloppés qui n'en finissent pas de grandir, les maladroits, les grassouillets, les dans-la-lune, mais tous trouvent leur place dans le groupe sans être ridiculisés. Les différences sont si habituelles pour eux qu'ils n'y prêtent plus attention.

Ils ne nous ressemblent pas. Ils sont clairement d'un autre siècle. Nos films, nos musiques, notre humour, nos conversations politiques et notre nostalgie ne les intéressent pas. Mais je leur fais confiance, ils ont une vision pragmatique du monde, on peut le leur remettre. Comme on n'a pas le choix, ne vaut-il pas mieux s'en réjouir ?

# La Terre et nous

Pendant des siècles, les hommes les plus puissants étaient ceux qui possédaient les terres. On faisait des guerres pour s'approprier une plaine, une vallée ou les rives fécondes d'un fleuve. On exploitait les champs, les forêts, les carrières et les prairies comme un bien naturel que Dieu offrait aux hommes pour qu'ils survivent et s'enrichissent.

Aujourd'hui, le rapport à la nature s'est totalement inversé. Nous sommes en charge de sa protection. Si nous possédons un lopin de terre, nous devons en prendre soin, souvent à nos frais. Nos arbres nécessitent des badigeonnages, coupes, aubannages et coûteuses consolidations. Nos étangs attendent d'être curés, nettoyés, peuplés, entourés. Nos fleurs et nos haies appellent un travail de tous les instants. Arbres et arbustes sont auscultés, mesurés, photographiés. Ce sont nos bébés.

De même les animaux dits « sauvages » sont surveillés, recensés, choyés comme des animaux domestiques. Écureuils, abeilles, hérissons, taupes et chevreuils ne sont pas importunés, même s'ils bouffent nos salades et nos roses, et ne parlons pas des bêtes à Bon Dieu, des sauterelles, salamandres et charmantes petites souris grises.

Excédée par les ravages de l'une d'elles, j'ai dû me résoudre à mettre un piège dans mon garde-manger, où elle réussissait à entrer par je ne sais quel minuscule trou. Quand elle fut prise, je m'aperçus qu'elle vivait encore. J'ai eu un tel chagrin en voyant ses petits yeux implorants, que je me suis juré qu'on ne m'y reprendrait plus !

Nous sommes ainsi faits, humains du XXI<sup>e</sup> siècle... On nous a tellement persuadés que nous sommes une espèce supérieure que nous nous sentons responsables de toutes les autres espèces qui n'ont pas évolué aussi vite que nous. Nous ne sommes plus des prédateurs, ni les héritiers privilégiés des richesses de la Terre, nous sommes des infirmiers, des pompiers, des vigiles qui volent au secours de la nature agressée. On essaye, avec des méthodes d'apprentis sorciers, les nouvelles techniques révélées par les découvertes scientifiques. On démolit les barrages qu'on avait jadis construits en toute bonne foi, on replante les fourrés qu'on avait arrachés au nom de l'agriculture moderne, on laisse les sols se reposer pour les cultures bio, on ressuscite des légumes et des fruits oubliés. On fait notre mea-culpa. Chaque année on prie la Terre de nous pardonner les expériences qu'on lui fait subir, comme à un malade sur lequel on tente des thérapies successives.

La nature répond, fidèle et exsangue. On peut compter sur elle, mais elle peut compter sur nous. S'il y a encore des inconscients qui jettent leurs mégots dans les buissons et les canettes de bière dans les rivières, ils seront bientôt isolés. Ils prendront conscience que tel le cavalier ménage sa monture, nous devons ménager la Terre, sans laquelle nous n'irons pas bien loin.

# Toutes les femmes que nous sommes

Chaque femme est deux femmes en une. L'une, officielle, l'autre plus secrète ou plus inattendue. Chacune de ces femmes nous tire de son côté, dans des directions parfois diamétralement opposées. Autrefois, elles se combattaient, il fallait que l'une étouffe l'autre, gagne sur l'autre. La littérature est pleine de ces héroïnes déchirées, Bovary, Mathilde de la Mole, les sœurs Brontë et autres Thérèse Raquin, qui sacrifiaient l'une ou l'autre facette de leur nature, au péril de leur santé mentale.

Aujourd'hui, il s'agit de satisfaire cette dualité, peut-être même de lui permettre de s'épanouir en toute franchise. On ne peut plus juger une personne sur la première apparence. Une femme rangée dans un tailleur sévère peut s'ébrouer le soir en minijupe. Une femme sensuelle et insouciante peut cacher une mère parfaite et une charitable aide-soignante. Une femme timide peut écrire des romans violents et crus. Vivre et assumer nos contradictions est notre luxe, notre force, la grande conquête de notre génération.

Certes, les hommes se sont libérés aussi. Mais c'est plus visible chez les femmes qui ont dû se conformer à des modèles sociaux pendant des siècles. On ne leur pardonnait rien. Un chapeau trop coloré ou une cigarette au bout des doigts suffisait pour les qualifier de « femmes légères ». Les passions se vivaient secrètement, les calèches avaient des rideaux et les restaurants des cabinets particuliers. Celles, téméraires, qui affrontaient le regard des autres étaient aussitôt classées au rang de courtisanes révolutionnaires et impies.

Heureusement, quelques courageuses, souvent des écrivains comme George Sand, Lou Salomé, Colette ou Simone de Beauvoir, ont osé afficher leurs sentiments et leurs mutations. Elles l'ont payé très cher, quelquefois, mais ont aussi fait progresser la société tout entière.

Alors je revendique avec sérénité le droit d'être double, d'avoir plusieurs aspects, plusieurs attitudes qui semblent se contredire, et de marier l'humour à l'engagement, le charme au professionnalisme, la gourmandise à la diététique, la légèreté à la rigueur, le plaisir à l'abstinence, la superstition au courage. J'alterne l'envie de plaire et celle de convaincre, la fainéantise et le travail acharné, les robes fluides et le strict pantalon noir, les journées de solitude et les fêtes endiablées. Rien ne me surprend, rien ne m'inquiète. Je ne m'impose rien, je laisse mes contradictions s'exprimer, puisqu'elles sont vraies, puisqu'elles me représentent et que cette honnêteté m'est salutaire.

J'accepte la multiplicité de mes aspirations comme je respecte celle des autres. Au petit jeu du « qui êtes-vous ? », je constate que toute réponse rapide est fausse, simplificatrice et dangereuse. Une personnalité, c'est subtil, riche et troublant. On ne peut pas la résumer en une seule définition, une étiquette. Toutes les femmes qui sont en nous ont le droit, je dirais même le devoir de se faire connaître, pour notre équilibre et pour ne tromper personne, à commencer par nous-mêmes !

# Vive l'instabilité !

Pendant des siècles, on a prôné la stabilité comme une valeur essentielle, peut-être la plus noble. Stabilité conjugale, stabilité professionnelle, stabilité de résidence, souvent dans le prolongement de la stabilité des parents, des grands-parents, des ancêtres même. On ne quitte pas la maison familiale, on ne vend pas les propriétés héritées, on fait le même métier que son père, surtout s'il est militaire, notaire, médecin ou fonctionnaire. Dans les communes, le fils du maire a de plus fortes chances d'être élu, et le fils du boulanger est forcément un bon boulanger. Les divorces et les changements de vie sont mal vus, et les mariages avec des étrangers aussi. Les métiers « instables » sont critiqués, les artistes et les explorateurs regardés d'un œil méfiant. Dans le fond des mentalités, en France, c'est encore comme ça.

La véritable révolution de ce siècle passionnant qu'est le XXe siècle, celui des changements les plus faramineux de toute l'histoire de l'humanité, c'est l'avènement de nouvelles valeurs telles que la mobilité, la rapidité, la capacité d'adaptation, de changement de cap, d'ouverture à la nouveauté, et donc de ce qu'on appelait avec défiance : l'instabilité. Aujourd'hui, force est de reconnaître que les plus belles réussites sont sur les têtes douées pour s'embarquer les premières dans les voies nouvelles, les informaticiens, les financiers en mouvement qui captent les vagues montantes dès les premiers frémissements, les chanteurs qui incarnent leur génération, de plus en plus jeunes, et qui utilisent le langage de demain. Un bon père de famille ne peut plus, objectivement, rejeter un gendre ou une bru comédien ou journaliste, car ils gagnent souvent plus d'argent que lui, et que ces professions aux débouchés limités mais nombreux désormais, avec la masse d'images et de mots que dévorent chaque jour toutes les télévisions du monde, sont une préparation magnifique au monde de demain, mouvant, instable, inattendu et formidable. Être sur la brèche à tout moment est l'école parfaite du travail futur, les jeunes sont déjà dedans avec modestie et naturel, ils y trouvent même de grands avantages.

Quels avantages ? Ils sont plus profonds qu'il n'y paraît. L'instabilité oblige à se tenir au courant de tout, pas seulement dans un secteur, puisqu'il n'est pas dit qu'on y reste toute sa vie. Elle favorise donc la curiosité, mère de tous les progrès, et entraîne l'humilité face aux nouvelles techniques et à leurs applications. La concurrence n'est plus seulement entre les pays, entre les sociétés, elle est entre tous les cerveaux, où qu'ils se trouvent, sous l'horloge implacable des avancées quotidiennes. Quelle stimulation ! Quel challenge ! Et quelle belle aventure ! Quelques-uns resteront sur le tapis, dépassés par tant d'accélération, paniqués et immobiles. C'est cruel, c'est fatal, à toutes les époques il y a des victimes de la modernisation. Mais pour tous les autres, une ère de liberté et de communication s'ouvre toute grande, on vivra dans plusieurs villes ou plusieurs pays au cours de sa vie, on s'éloignera des régions d'origine, on se mariera plusieurs fois ou on pratiquera des unions libres et temporaires, mais on aura une vie variée, fluctuante au gré du succès et de ce qui marche. On aura les moyens d'une vie pas étriquée, on pourra même s'acheter une ruine à retaper dans le village natal, pour ne pas oublier les souvenirs d'enfance. Une vie, en somme, dont rêvaient Galilée, Rimbaud, Jean-Jacques Rousseau, Voltaire, Madame Bovary, Lady Chatterley et tous ceux qui furent victimes des rigidités de leur temps.

# Il pleut...

Il y a la pluie fine, il y a les grosses pluies de changement de saison, il y a les pluies d'orage, les pluies nocturnes, les pluies de chaleur, il y a la bruine qui vaporise les pétales de roses mais vous rentre dans les os, la pluie drue des gros nuages noirs, la pluie horizontale des jours de vent, la pluie non-stop des équinoxes, la pluie de la Saint-Médard, de la Toussaint, des week-ends en Irlande et des vacances en Creuse. Il y a une infinité de pluies. Ce n'est pas que de l'eau qui nous tombe sur la tête, c'est une panoplie de sensations, de climats qui valorisent à leur manière les différents moments de notre vie.

Quand on est bien au chaud dans la maison, il est délicieux d'entendre le crépitement de la pluie sur le zinc du toit. On se sent abrité, épargné, on prend conscience d'avoir un toit. En voiture, les essuie-glaces profitent des gouttes de pluie pour nettoyer le pare-brise, la carrosserie se couvre de petites bulles brillantes, le macadam luit et les couleurs de la végétation se ravivent. On se sent protégé dans nos voitures magnifiquement hermétiques. Les sons changent, se précisent, comme sélectionnés par l'atmosphère humide. Les jardins, on le sait, exhalent leurs parfums cachés et l'herbe des prés se redresse. Tout cela est charmant et fort joli.

Mais que dire des jours sans parapluie où l'averse vous surprend à la sortie du métro ? Comment allez-vous nettoyer vos mollets éclaboussés de boue avant le rendez-vous qui vous attend ? Vous éternuez, où est l'aspirine que vous croyez ne jamais oublier et qui est restée dans l'autre sac, celui que vous avez reposé ce matin ? Les épaules de votre veste auront-elles séché avant de repartir tout à l'heure, le tissu mixte de ce nouveau prêt-à-porter résistera-t-il à la douche ? Et les fines chaussures en pulco, sont-elles vraiment lavables, ce sera l'occasion de le vérifier...

Ainsi la pluie devient un élixir de vérité, une petite épreuve qui vous déstabilise juste assez pour vous faire reprendre confiance en vos capacités sportives et juvéniles de vous adapter à l'imprévu. Car la pluie surprend toujours, même si on vous l'a annoncée. Ce phénomène soi-disant naturel ne paraît pas naturel du tout. Les animaux au pelage pourtant imperméable la détestent, ils se terrent dans des recoins secs en attendant que ça passe. On a beau dire que c'est bon pour les cultures, Gene Kelly peut s'ébattre dans les flaques hollywoodiennes en chantant, la pluie est belle quand elle s'arrête.

Au cinéma, l'amour se pratique souvent sous la pluie, avec longs baisers encombrés de cheveux dégoulinants, les corps à corps médiévaux et les règlements de comptes policiers sont filmés dans les bourrasques et les tempêtes d'eau. Il faut croire que la pluie rend les situations plus émouvantes, qu'elle les accentue et les révèle, comme à travers une loupe. Elle est un label d'authenticité, de sincérité, et c'est peut-être pour cela qu'on dit qu'elle porte chance aux jeunes mariés.

# Qui est normal ?

Y a-t-il encore des originaux ? Un homme qui fait le tour du monde à pied, ou à vélo, ou un homme qui vit à la chandelle en haut d'une montagne, ou qui peint sa maison en violet, ou qui s'habille en kilt écossais, ou en tenue de samouraï, ou tout en bleu roi, ou en petit marquis Louis XV ne bluffe plus personne. Une femme qui apprend le kirghize, ou qui prend des cours de danse du ventre, ou qui se lève à l'aube pour dire des poésies face à la mer, qui collectionne les chats, les tortues ou les ânes, qui ne mange que des graines, un point rouge sur le front, n'épate personne non plus.

Dans la course à l'identité, tous les chemins sont bons, et permis. C'est une notion moderne qui a été rapidement adoptée et répandue. Une pincée d'excentricité est même recommandée.

Alors, qui sont les originaux aujourd'hui ? Les grands solitaires ? Ceux qui poursuivent une idée et y travaillent obsessionnellement toute leur vie ? Ceux qui ne regardent pas la télé ? Les artistes, qui creusent leur imagination pour trouver de nouvelles formes, de nouveaux concepts ? Les créateurs, qui recherchent la modernité à tout prix ? Les philosophes, qui voudraient tirer une ligne droite entre les pensées du passé et celles de l'avenir ? Les amoureux du futur, la tête dans l'espace et les étoiles ? Les adeptes des sectes, des univers clos, couvent, communauté ou famille exclusive ? Les minorités, qui reproduisent un monde perdu loin de leurs racines ? Ou bien les fous de sport, les fous de bouffe, les fous de sexe, les fous d'opéra, les fous de stars, les fous d'animaux ?

J'ai l'intuition que nous sommes tous des originaux. La « normalité » n'existe pas. Chacun, chacune de nous tente de transcender sa vie en cherchant ailleurs que dans le quotidien une perfection, une tâche surhumaine pour se mesurer à la dimension infinie de ce que nous ne connaissons pas, de ce que nous ne maîtrisons pas. Sans nous soucier du ridicule.

La brodeuse use irrémédiablement ses yeux, penchée sur des milliards de points invisibles ; le luthier fait naître un violon d'une seule pièce de bois ; le chasseur de papillons attend des heures, immobile, que le spécimen se pose sur sa main ; le ramasseur de sangsues dans les marécages les colle sur ses propres jambes afin de les maintenir en vie ; la cuisinière bolognaise étend sa pâte à tagliatelles sans un trou, aussi fine que du papier à cigarette ; le jardinier, infatigable, pince chaque bouture ; le cavalier catalan tresse chaque jour la crinière et la queue de son cheval ; le chef d'orchestre dirige trois orchestres à la fois dans une œuvre de Boulez ; l'œuvre du peintre contemporain est une répétition de carrés monochromes ; le pêcheur de perles descend de plus en plus profond pour remonter une perle rare ; la nageuse olympique revêt un maillot conçu comme les écailles de poisson ; le cinéaste cherche à filmer ce que les comédiens ne savent pas d'eux-mêmes ; l'architecte défie les lois de la pesanteur en lançant des bâtiments courbes dans le ciel ; le chirurgien recoud patiemment des fibres microscopiques. Ne sont-ils pas tous des originaux, des fous, des maniaques à la recherche de l'absolu ?

L'originalité, c'est suivre une voix impérieuse qui vous dit : « Tente l'impossible. »

# Homme qui marche

Qui n'a pas eu la joie d'entendre un opéra, une belle chanson ou le vibrato d'un violon directement dans les oreilles, par le miraculeux intermédiaire d'un petit écouteur de walkman ? Elisabeth Schwarzkopf, ou Jacques Brel chantent pour vous seul, dans une intimité qui donne le frisson. Aucun concert, aucun disque écouté à la maison ne suscite cette exclusivité, cette possession par le son.

Cette qualité d'écoute unique se double du narquois plaisir de la reproduire n'importe où, en totale impunité puisqu'on ne dérange personne, et en décalage avec le lieu où l'on est : dans le train, sur le pont d'un bateau, dans la rue, dans un camion ou au milieu d'une foule bruyante. Cette capacité du walkman de nous extraire de notre environnement est sa force et son travers. Le progrès technique est indéniable. Des sensations nouvelles sont nées, peu de générations de mélomanes avant nous ont connu une ivresse sonore aussi forte, aussi limpide. Le progrès social est réel, on n'impose pas ses goûts musicaux aux voisins, et les millions d'amateurs de hard rock ne nous cassent plus les tympans avec le martèlement de leurs décibels adorés. Au pire ils se cassent les leurs, mais ça c'est une autre histoire.

En flattant l'ouïe, ces petites machines diaboliques ont détourné quelque chose : le sens profond de la musique. Depuis l'aube des temps, l'homme chante et danse. On a trouvé des figures dansantes sur les peintures rupestres et des instruments de musique dans les sarcophages. La musique s'est embourgeoisée au XVII^e^ siècle avec les bals de Cour, puis au XIX^e^ siècle dans les salles de concerts. Le disque, puis le CD l'ont démocratisée. Mais elle avait toujours pour vocation d'être entendue par plusieurs personnes réunies pour partager le même programme choisi, d'être entendue *ensemble*. Elle est un lien entre ceux qui l'aiment et qui veulent la faire aimer à d'autres, un langage universel d'entente et de communion. Toutes les étapes de croissance de l'homme sont scandées par des musiques : la berceuse pour l'enfant, la fanfare pour le soldat, l'hymne national pour le vainqueur sportif, la marche nuptiale, les chansons de marche, la marche funèbre. On chante aux fêtes et aux moissons. On offre une sérénade à la femme aimée et un « Happy Birthday » aux anniversaires. La musique est un écho subtil et sensoriel de nos pensées qui complète ce que la parole ne parvient pas à exprimer.

La solitude du walkman est une porte qui se ferme sur les autres. C'est une barrière à notre besoin de nous relier au monde tel qu'il est, changeant, cacophonique et envahissant, dont nous sommes issus et avec lequel il nous faut vivre. La tentation de l'isolement peut conduire à des autismes progressifs, au dédoublement, à la schizophrénie commune. C'est une fuite, une facilité où nos adolescents enfouissent leur difficulté à communiquer, à affronter leur entourage. Écoutons nos musiques ensemble, chantons et dansons, c'est la meilleure façon de nous supporter les uns les autres !

# L'heure du sandwich

Au cours de mes allées et venues dans les villes, j'ai remarqué de plus en plus de personnes qui mangent dans la rue, en marchant, assis sur des bancs, sur les parapets des ponts, sur des marches ou dans les moyens de transport. C'est un phénomène qui s'est incroyablement développé ces dernières années.

Les raisons sont multiples. Pas de sous, c'est la première. On n'a pas de quoi s'offrir un repas dans un restaurant. Pas de temps, on est toujours à la bourre, les journées sont une mosaïque de rendez-vous qui s'encastrent au quart d'heure près. Pas confiance, les produits en gros qu'utilisent les bistrots, cafés et traiteurs ne sont sans doute pas de la meilleure qualité, on préfère se préparer un sandwich soi-même, plus sûr et plus inventif. Et surtout, pas de complexe. On n'a plus honte de manger en public, on est si nombreux à le faire, et tout compte fait une fraternité de mangeurs de sandwiches s'est créée.

Influence méditerranéenne, où le dehors est le prolongement du dedans, où la rue fait partie de la maison, on vit, on discute, on fait des affaires sur les places et les marchés. Liberté des jeunes, qui ne sont pas gênés d'être fauchés, mais aussi liberté individuelle : on cache moins les activités privées. On s'embrasse davantage en France depuis quelque temps, on s'extériorise, on se touche, on se parle, on s'aborde avec plus de facilité. L'acte de manger a cessé d'être secret, réservé, on montre son appétit sans inquiétude de paraître grossier ou affamé, c'est-à-dire pauvre et mal nourri.

Toutes ces libertés sont saines et irréversibles. Elles ont gommé le guindé des repas traditionnels et le culte du « déjeuner » ou du « dîner » qui sévissait dans notre pays. Je me souviens d'un repas officiel où j'étais placée à côté du premier conseiller de Helmut Kohl, un jeune Allemand européen et fringant, qui bouillait de la durée interminable de ce dîner et de la succession des plats, pour lui perte de temps et abus alimentaire.

C'est bien de décoincer les repas, c'est bien de se nourrir n'importe où, quand on a faim, mais il faut tout de même ne pas expédier les aliments trop rapidement, s'arrêter un instant pour apprécier le goût de ce qu'on mange et ne pas jeter les papiers et les canettes vides n'importe où. Un sandwich peut être délicieux, surtout chez nous où le pain est si bon, avec un petit cornichon, une feuille de salade, une lichette de moutarde ou quelques feuilles de coriandre fraîche. Il répond à un vrai coup de faim, il est franc et sans chichis. Et si on essayait de partager ce délicieux petit moment de restauration rapide avec quelqu'un, en prévoyant un deuxième sandwich et en faisant un heureux ? Nous sommes à une époque de course contre la montre, que cela ne devienne pas une course contre le plaisir.

# Le chaud et le froid

Dimanche matin, en faisant mon jogging parmi les coureurs qu'on rencontre dans un jardin parisien, jeunes, vieux, gros, maigres, concentrés, fantaisistes, solitaires, à deux, père-fils, ou mère-fille, en groupe de trois, de quatre, en tenue de pros ou habillés n'importe comment, tous suant et soufflant comme moi, j'ai croisé un couple moins jeune qui avançait bon train, deux joggeurs habitués à courir ensemble.

Elle était emmaillotée comme un nourrisson, tête et oreilles couvertes, des gants tricotés aux mains, tandis qu'il transpirait dans une fine liquette sans manches et un slip de boxeur. Aux pieds, tous deux, les monstrueuses chaussures de course qui ressemblent à des carrosseries de moto, d'un confort inouï auquel j'ai rendu les armes moi-même.

Je les ai suivis un moment, avec peine, ils étaient plus entraînés que moi et se stimulaient l'un l'autre. Je les ai imaginés au lit. Aisément, car ils paraissaient unis et amoureux. J'ai aussitôt pensé : comment font-ils ? Elle a toujours froid, il a toujours chaud. Ce n'est pas une mince différence. Elle monte le chauffage, il ouvre la fenêtre. Elle grelotte en voiture avec la climatisation, il étouffe en été dès qu'il fait chaud. Dans un lit, à part la formule des lits jumeaux, ils doivent inventer des stratagèmes, des piles de plaids sur elle pendant qu'il dort avec une seule couverture. Il paraît qu'il existe des couettes pour grand lit en deux moitiés, l'une rembourrée de duvet, l'autre de coton. Invention anglaise. Les chambres des cottages sont rarement chauffées, et ainsi chacun peut avoir la thermie qu'il souhaite pendant la nuit.

Mais dans la journée ? Lequel des deux doit souffrir ? Est-elle toujours emmitouflée dans des pulls ou bien doit-il se déshabiller dès qu'il rentre à la maison ?

Je souriais en me posant ce dilemme qui peut ronger un couple autant que des divergences de fond, peut-être davantage. On dit que Jackie Kennedy cita, parmi ses griefs inscrits dans les minutes de son procès de divorce avec Onassis, qu'il mangeait des harengs le matin au petit déjeuner servi au lit, qu'il s'obstinait à mettre un « marcel » sous les chemises de smoking, et qu'il coupait son pain, même dans les grands dîners, avec un petit canif grec qui ne le quittait jamais ! Vous voyez que de menus différends peuvent irriter jusqu'à l'exaspération.

La solution secrète est toujours la même : l'amour. Quand on aime, on vit à la température de l'autre, on pense d'abord au bonheur de l'autre, et ainsi on oublie ses propres exigences et on rencontre un bonheur encore plus grand.

# Changer de bouche ?

J'avais enfin trouvé un rouge à lèvres discret qui convenait à mon teint de brune, et qui, tel un caméléon, s'assortissait miraculeusement aux couleurs de mes vêtements. J'avançais sereinement dans les années, quand j'appris, le mois dernier, une nouvelle tragique : la grande marque de cosmétiques qui faisait ce rouge à lèvres ne le produira plus. Tout a changé dans leur gamme, les coloris, les matières, les packagings, les noms et, j'imagine, les prix.

Me voilà bien en peine. J'ai couru chez tous les parfumeurs connus et inconnus pour racheter les derniers exemplaires restés dans les tiroirs, mais, malins, les représentants de la grande marque en question les ont déjà tous retirés. Vieux modèle, hors tendance, ridicule, à la poubelle.

Armée de mon vieux fond de tube, je parcours les allées de produits de beauté à la recherche d'un clone, d'un rouge approchant, d'un ersatz, d'un jumeau. Je me contenterais d'un cousin. J'ignorais qu'il y eût tant de rouges à lèvres sur la terre, tant de marques, tant de fantaisies. De l'argent au violet, les femmes peuvent masquer leurs lèvres comme au Carnaval. Mais le mien... Aurais-je pu imaginer qu'il fût si unique ? Irremplaçable. Une exception. Un prototype. Personne chez les concurrents n'avait conçu une pâte si délicate, une brillance sanguine si précise.

Je commence à complexer : suis-je à ce point spéciale, originale ? Mon gloss me paraissait très naturel, sans histoire, invisible presque, tant il était collé à la couleur de mes lèvres. Ma bouche est-elle si curieuse, anormale, maladive peut-être ? Étais-je la seule à utiliser ce produit américain, la seule au monde ? J'essaye des dizaines d'autres rouges à lèvres, j'exaspère les vendeuses, les démonstratrices, les chefs de rayon. Au début on s'occupe de moi avec intérêt, je représente un cas, un challenge, il y a bien dans ce magasin quelque chose qui me convient. Puis mon exigence agace, on me met rapidement dans la catégorie des emmerdeuses, des femmes insatisfaites qui n'ont rien de mieux à faire dans la vie que d'assouvir une fixation sur la couleur d'un rouge à lèvres.

Au bout d'une demi-heure, pour me faire pardonner, je fais mine d'avoir trouvé mon bonheur et je repars avec un rouge brique ou cerise « qui vous va très bien, madame, il met en valeur vos yeux », et qui allongera l'alignement de Carnac de mes tubes de rouge à lèvres inutilisables, sur l'étagère de ma salle de bains.

Ce n'est pas drôle. J'ai même écrit aux USA, à la maison mère, pour les supplier de m'envoyer, au prix qu'ils voudront, le stock de mon rouge qui leur reste. Bernique. C'est retiré du commerce et je peux toujours supplier, je ne ferai pas fléchir les plans de marketing et les campagnes de lancement de la nouvelle ligne, dont je reçois les échantillons, gracieusement.

Alors je comprends Colette, l'écrivain, qui avait créé sa propre ligne de fards, ou les femmes qui ne se maquillent pas du tout, pour déjouer l'esclavage. A moins de plonger dans l'engrenage, et de changer de bouche chaque année...

# Le QV

On plaint ceux qui souffrent, ceux qui sont souvent malades, ceux qui ont mal au dos, ceux qui digèrent mal, ceux qui se fatiguent vite, les insomniaques, les dépressifs, les tensions basses, les migraineux, les frileux, les sujets au vertige, les claustrophobes, les bilieux, les anorexiques et les suicidaires, mais on ne pense jamais à ceux qui les accompagnent.

Savez-vous ce que c'est que de se lever le matin plein d'énergie et de projets pour la journée et de trouver en face de soi un début de crise de foie et un réveil difficile ? Connaissez-vous les promenades écourtées parce que l'autre a froid, ou les repas gâchés parce que le vis-à-vis n'a pas faim ou que les aliments qu'on lui présente le dégoûtent ? Avez-vous voyagé avec un systématique de la dysenterie, skié avec un abonné aux foulures, visité les musées avec une victime immédiate des rhumes causés par l'air conditionné, ou vogué avec un client du mal de mer ? Bien sûr, ils sont à plaindre, mais nous ?

Ne faut-il pas développer des trésors de douceur, de diplomatie, de patience, de compassion ? Ne devenons-nous pas des champions d'organisation, avec un pharmacien complaisant toujours sous la main, un kiné disponible, un médecin dérangeable à toute heure, une tisane appropriée, un plaid à l'arrière de la voiture ? Ne devons-nous pas nous sacrifier, renoncer au programme prévu, tenir compagnie, sans trop faire la garde-malade pour ne pas culpabiliser l'assisté ? A-t-on pitié de celui ou de celle qui n'a mal nulle part, et qui doit s'en excuser, s'en faire pardonner, tant sa bonne santé est un affront, un scandale ?

Je connais ce calvaire. Est-ce ma faute si le dentiste ne me trouve aucune carie, si mon pouls bat normalement et si j'ai un bon appétit ? Rien à faire : j'attire les délicats, les fragiles, les sensibles, les allergiques et les compliqués. Soit. Je veux bien être celle sur laquelle on compte, sur laquelle on se repose, l'increvable, la remontante, la vitaminée, mais je veux aussi qu'on me dise : « Pauvre chérie, tu as bien de l'endurance, de la tolérance, tu mérites la médaille du bon caractère. » J'aimerais qu'on me plaigne un peu...

A moins que je rencontre un jour plus alerte que moi et que je m'essouffle derrière une énergie qui me dépasse... Dans ce cas je vous raconterai ce que je préfère, être à la traîne ou être freinée. L'idéal serait d'avoir les mêmes biorythmes, de s'endormir ensemble du même sommeil et de se réveiller ensemble du même pied. Dans les annonces matrimoniales, outre le QI et le tour de taille, on devrait mentionner le QV, le quotient de vitalité.

# Vous avez vu mes lunettes ?

Depuis quelque temps mes yeux ne me suffisent plus, il me faut des lunettes. Je ne les garde pas sur le nez toute la journée, un peu par coquetterie, un peu par oubli, mais je devrais.

Je les ai évidemment choisies avec minutie, ces lunettes. Elles sont petites mais pas trop, pour qu'elles puissent contenir des verres Varilux, légères mais pas trop, pour qu'elles ne se plient pas en deux dans mon sac, amusantes mais pas trop, pour qu'on ne voie pas qu'elles sur mon visage. Leur fine monture dorée aux reflets changeants les fait ressembler aux pattes des libellules qui clopinent à la surface de l'eau comme sur des béquilles.

Béquilles, hélas, elles le sont. On ne peut plus se

passer d'elles ! Comment consulter un plan de Paris, ou relever une adresse dans un Bottin, ou lire les noms des interprètes sur la pochette d'un CD, ou choisir le programme d'une machine à laver, d'un four ou d'un magnétoscope, imprimé en noir sur fond noir, en caractères minuscules, souvent en abréviations et parfois en anglais ? Comment retrouver un numéro de code dans un agenda, noté en écriture comprimée par manque de place ? Comment lire un livre de la Pléiade, ou un dictionnaire, ou une encyclopédie ? On est sans pitié pour nos pauvres yeux. Ma mère était armée d'une énorme loupe que j'ai encore, avec laquelle elle a lu tout Teilhard de Chardin. Quand je vois les lignes danser à travers cette lourde vitre ronde qu'il faut tenir exactement à la bonne distance, je me dis qu'elle avait une réelle passion de la philosophie.

Cet aveu de faiblesse que nous déclarons en chaussant des besicles peut être déjoué par les lentilles de contact. Si tant est qu'on les supporte. Je suis fortement astigmate, le bombé de mon œil m'en interdit l'usage. J'avoue que la gymnastique qui les accompagne, enfoncer son doigt sous la paupière pour les mettre, pour les enlever, les humecter, les laver, les ranger, les remettre en pleurant, toutes ces manipulations ne sont guère encourageantes. Un grand comédien avec lequel je tournais un film les perdait en cours de plan, elles jaillissaient de ses yeux, expulsées par ses émotions. Toute l'équipe les cherchait ensuite, à quatre pattes sur les tapis...

A quand les progrès de la chirurgie, qui nous débarrasseraient de ces petits échafaudages faciaux et consolideraient notre vue vieillissante ? On peut opérer la myopie avec succès, j'ai hâte qu'on arrive à aider tous les yeux et que les lunettes deviennent un instrument du passé. En attendant, utilisons-les comme des instruments de charme, en les tripotant tantôt comme un éventail, tantôt comme un cure-dent, tantôt comme une voilette derrière laquelle on se retire momentanément, pour mieux vous voir, mon enfant.

# Lettre ouverte à une amie

Tu viens d'apprendre une nouvelle difficile. Le cancer du sein que tu avais guéri il y a douze ans et que tu croyais définitivement éteint vient de se réveiller, quelque part dans ton corps. Les assurances répétées des médecins, les analyses annuelles toujours négatives ont menti. C'est un choc et une profonde déception, plus une nouvelle peur qui s'installe.

Alors tu doutes, tu retournes dans ta tête toutes les phrases, tous les mots qui ont été dits par les chirurgiens, les radiologues, les spécialistes. On te raconte mille histoires de cette maladie hélas banale et fréquente. Rien ne se ressemble. Tous les cas de figure existent. Toutes les issues. A en avoir le tournis. On n'en sait guère plus qu'il y a dix ans, quand tu as eu ta première alerte, aussitôt opérée, enrayée. Les médecins devinent, supputent, nagent. Il faut avoir pitié d'eux. Ce mal est un insolent qu'on chasse par la porte et qui revient par la fenêtre. Le tableau n'est jamais prévisible, jamais le même.

Tu me diras : on s'en fiche pas mal, des statistiques, quand on est touché soi-même. L'expérience des autres sert bien peu, au moment où on doit affronter un combat de cette taille. C'est justement ce combat personnel qui devient l'enjeu, l'axe même de la bagarre. Il y a quelques années, j'ai tourné un téléfilm remarquable *Le Crabe sur la banquette arrière*, sur une femme qui s'opposait, seule, à cette maladie, aux médecins dont les avis divergeaient, aux amis qui parlaient d'eux-mêmes et de leurs angoisses, aux proches qui se lassaient de la durée des soins, aux voisins qui suivaient les événements avec une curiosité morbide, bref à tout le monde extérieur, qui reste extérieur, quels que soient les liens et l'intimité qui nous lient à certains. Tu entreprends une aventure personnelle, pas solitaire, puisque tu es très entourée, mais individuelle, mystérieuse et essentielle, à la source même de la vie. Il sera difficile de partager les pensées, les sensations et les intuitions qui se succéderont dans ton cœur.

De cette haute lutte on sort victorieux quoi qu'il arrive, car il s'agit d'une sorte de vaste examen de passage où défilent les forces et les faiblesses qui ont déterminé nos choix, les accidents, les embûches, quelquefois provoqués par nous-mêmes, qui ont orienté notre chemin. Tu devras être courageuse. Tu vas entendre cela toute la journée, mais c'est ce courage, cette volonté, cette patience qui donneront à ton temps futur sa couleur, son intérêt, sa beauté.

Ne crois pas qu'il soit aisé d'être à côté d'une personne qui traverse une épreuve comme la tienne. On a l'impression d'être exclu, inutile spectateur. Tu essayeras de parler, de ne pas t'isoler, mais parfois les mots manquent, ou fourchent. Ne lâche pas. Parle. Ouvre-toi. Il y a dans la souffrance une proposition sublime : celle de se relier aux autres au-delà de son propre corps, par la force des sentiments, par la recherche de la vérité et la quête d'une réponse aux arcanes de notre existence. Nous sommes tous concernés.

# Seul au monde

Regardez autour de vous quand vous êtes en voiture : la plupart des automobilistes se comportent comme s'ils étaient seuls chez eux, dans leur salon, leur chambre à coucher si ce n'est leur salle de bains. Ils fument, crachent, bâillent et se curent le nez comme si personne ne les voyait, comme si les six vitres de leur véhicule n'existaient pas. Quand vous tombez dans leur axe de vue, ils vous observent : l'air négligent, comme à travers un miroir sans tain derrière lequel ils sont invisibles, à l'abri dans la circonférence de leur voiture-œuf, leur territoire inviolable et exclusif.

On a droit aux scènes de ménage qui, sans le son, paraissent encore plus crues, aux embrassades, toutes langues dehors, aux duos avec les chanteurs de la radio, à tue-tête, aux engueulades téléphoniques dans le portable aspergé de postillons, aux batailles avec les enfants qui font les clowns derrière, bref la vie intime, la vie de famille continue tranquillement, exposée à tous sans complexe. On se barricade dans les maisons, avec rideaux, volets et murs insonorisés, on se met sur liste rouge, répondeur et autres protections de la vie privée, et en voiture on oublie soudain que d'autres vous regardent, pendant des heures quelquefois lorsqu'on est pris dans un embouteillage.

De deux choses l'une : ou la voiture est considérée comme un prolongement de la maison, et dans ce cas, si les gens se comportent ainsi chez eux, ce n'est pas joli-joli, ou l'habitacle réduit d'une auto excite leurs instincts, l'enfermement amplifie leurs réactions et développe un certain exhibitionnisme. Je préfère croire à cette deuxième hypothèse, sans oublier que le mouvement, le détachement des amarres favorisent l'explosion de nos personnalités. On sait bien qu'on peut avoir des conversations profondes et intimes avec des inconnus dans un train ou sur le pont d'un bateau, tandis qu'on n'arrive pas à parler à l'être qu'on aime. Les transports, de tout temps, invitent à l'introspection. Mais la voiture confère un style de discussion particulier, un type de comportement solitaire tout à fait nouveau. Une sorte d'immunité qui autorise à ne pas nous préoccuper de l'avis de ceux qui nous entourent, et donc d'exposer nos turpitudes en toute impunité.

Si vous vous mettez à poil sur votre balcon, la voisine du troisième appellera immédiatement les flics, mais personne ne songerait à déposer plainte pour vulgarité sur la voie publique, ou offense à la morale commune, ou outrage à la décence après avoir assisté à une scène pénible, ou très intime, ou répugnante dans une voiture voisine. La voiture c'est sacré, on y est roi, on y fait ce qu'on veut. On peut conduire torse nu, ou en peignoir, ou en pyjama. On peut se coucher, dormir, se masturber, manger, roter, vomir. Tout est permis. Des devoirs vis-à-vis du monde extérieur ? Occupez-vous de tenir votre droite, sinon je vous mets un gnon.

Alors moi je crois que certains en remettent. Pour bien montrer que la voiture est leur dernier espace de liberté, ils écoutent la radio trois fois plus fort qu'ils ne le feraient chez eux, ils s'engueulent avec ostentation, ils s'avachissent pour exprimer qu'ils sont fatigués, ou déprimés, ou malades, ils se crispent sur le volant et klaxonnent à tout bout de champ quand ils ont eu une contrariété. Bref la voiture sert de corne d'amplification, de haut-parleur pour se montrer à tous, en soulignant le trait pour être remarqués. En somme on en est toujours là : on voudrait croire qu'on est seul au monde, qu'on peut se passer des autres et on se donne en spectacle pour signaler qu'on existe, qu'on a besoin d'être reconnu... Chacun fait son petit cinéma, et au fond, moi, quand je conduis dignement et que je vérifie ma coiffure dans le miroir du pare-soleil, je ne fais pas autre chose...

# Un sillage odorant

Pendant des années, j'ai eu une certaine prévention à l'égard des parfums. L'éducation, sans doute, que je tiens de ma mère, laquelle ne s'était jamais parfumée de sa vie, tout au plus une légère eau de Cologne, souvenir de sa jeunesse en Allemagne. Une « dame » n'occupe pas l'atmosphère par une odeur, fût-elle de prix, ni par un aspect voyant, maquillage, couleurs vives ou bijou clinquant. Elle osait parfois un peu de rouge à lèvres qu'elle se mettait sans se regarder dans la glace, comme si c'était une pommade curative. Seules les femmes de petite vie ont besoin de ces artifices et de laisser un sillage odorant derrière elles afin d'attirer les hommes par les moyens les plus indignes... J'avais aussi le souvenir de certaines nausées, quand le mauvais sort vous place dans un train, à un dîner, près d'une femme exagérément parfumée, ces anciennes essences capiteuses et entêtantes.

J'ai un peu évolué, mais je ne tolère toujours que les fragrances légères et volatiles qui se dissipent rapidement et ne laissent, dirait-on, que le souvenir d'une senteur. J'affectionne pour cela les eaux de toilette pour homme, les savons spéciaux, les talcs et les sels de bain. J'avance par étapes, je me hasarde à des essais, des audaces que je n'aurais pas eues il y a quelque temps. Le monde du parfum est en train de s'ouvrir à tous, je ne voudrais pas me retrouver la dernière de la classe.

Je fais donc des exercices. Un œnologue en fait bien, pour reconnaître un vin, on peut sans aucun doute éduquer son nez. Affiner son odorat. C'est très amusant. On se croit capable de différencier les jus, et on s'aperçoit qu'on est nulle, qu'on confond tout, qu'on oublie les sources odorantes les plus simples, bref qu'on ne connaît rien et qu'on a des narines simplistes, aux goûts peu développés. Il faut du temps, de la patience, passer et repasser les mouillettes sous son nez, pour enfin découvrir le jasmin sous la vanille, la lavande sous le chèvrefeuille, le camphre sous le vétiver. Les « nez » des maisons de parfums travaillent avec plus de trois cents essences essentielles, de toutes provenances. Des noms qui font rêver, Cuir de Russie, ambre, opopanax, eau de Prusse, foin, arrow-root, bois de santal, aubépine, palissandre, miel, romarin... Une balade dans la mémoire des sensations, toujours liées à un souvenir, un lieu, une personne. On réveille des recoins secrets de notre inconscient, par bouquets de réminiscences. C'est un peu troublant et je comprends que les parfums aient été réservés aux encens d'église, dans les époques très puritaines, car ils libèrent l'imaginaire, avec son cortège peccamineux de désirs et de volupté.

Aujourd'hui, choisir un parfum n'est pas une mince affaire, face au choix incroyable étalé devant nous. Aussi je vous conseille de faire une petite formation. Comme moi. Vous pourrez raconter l'histoire de votre parfum préféré, et si vous croyez aux signes, sachez que chaque odeur correspond à une planète de votre thème astral et que vous apprendrez à mieux vous connaître... par le bout du nez !

# Les pipelettes

Dans toutes les familles, dans les bureaux, dans les entreprises, dans les immeubles, parmi les commerçants d'un quartier, il y a une pipelette. Hélas, force est de le reconnaître, ce sont souvent des femmes. Jeunes, moins jeunes, instruites ou pas, elles ont les mêmes caractéristiques. Ce sont des personnes superactives qui défoulent leur excédent d'énergie en épiant la vie des autres et comblent un déficit d'identité en s'enrichissant des aventures et mésaventures d'autrui, racontées avec romantisme et sincère compassion.

Les pipelettes ne sont pas forcément méchantes. Elles n'évaluent pas les dommages qu'elles produisent, et certaines sont profondément désolées des conséquences de leurs colportages, et essaient parfois de « réparer », ce qui aggrave généralement la situation. Remonter la filière d'un ragot entraîne un flot d'autres ragots indésirables, et l'implication d'une série de témoins, de sympathisants ou d'observateurs émus qui entraînent une volée de brouilles et des règlements de comptes en cascade. Un fait rapporté change de nature, de force. Il perd la légèreté du vécu, du temps qui passe. Fixé comme un instantané photographique, il peut être regardé, analysé, interprété. L'instant qui précède et l'instant qui suit ayant disparu, ce fait devient une volonté close, compacte, imputable à son auteur comme une déclaration sur la foi. Il peut être détaché de votre existence et constituer une preuve de votre contradiction, de votre inconstance, de votre folie, de votre malveillance, de votre ignorance dans le meilleur des cas.

Ne vivons-nous pas le règne des pipelettes ? La grande communication n'est-elle pas l'ouverture à l'infini de nos maisons, de nos intimités par le téléphone, par Internet, par les émissions qu'on appelle interactives, où l'on est reçu immédiatement, où l'on est les bienvenus, le succès du show repose sur cette circulation d'opinions, de n'importe qui, n'importe quand, pourvu que le téléphone sonne, qu'on puisse recueillir, même balbutiant, un avis personnel, spontané ? Nos journalistes ne se précipitent-ils pas pour dévoiler une nouvelle, de crainte qu'un autre ne le fasse avant eux ? Nos juges ne se dépêchent-ils pas d'envoyer des mandats de perquisition, de mèche avec la presse, pour que les filous ne filent pas ? Un entrefilet dans *Le Canard enchaîné* ne déchaîne-t-il pas la ruée des enquêteurs administratifs sur les mouvements de l'un ou de l'autre ?

Je suis à fond pour la glasnost, mais je suis aussi pour le droit à la subtilité qui n'autorise personne à porter des jugements rapides sur les agissements des autres. Comprend-on soi-même tout ce qu'on fait et pourquoi on le fait ? Ne faut-il pas respecter la part d'inconscient, de non-programmé, de subjectif qui s'infiltre dans chacune de nos décisions, chacun de nos actes ? Ce que je reproche surtout aux pipelettes, c'est de simplifier, de crétiniser ce qu'elles relatent, à la manière des revues à grands tirages et des émissions télévisées populaires. Raconter, oui, faire la guerre aux secrets qui minent les familles, les gouvernements, les groupes humains de toutes natures, mille fois d'accord, mais de grâce, avec finesse, pondération et tolérance !

# La douleur de la séparation

Une très belle chanson américaine dit : *Every time we say goodbye, I die a little...* (Chaque fois que nous nous disons au revoir, je meurs un peu...)

Plus ça va, plus j'ai le syndrome de la séparation. Chaque fois que je quitte quelqu'un, après un rendez-vous, un dîner, une rencontre, une nuit, je me dis : Quand nous reverrons-nous ? Où en serons-nous ? Que sera-t-il arrivé entre-temps ? Comment serons-nous ? Quelles seront nos pensées, notre santé, notre humeur ?

Les accidents et les disgrâces qui frappent tant de personnes autour de nous autorisent à imaginer le pire, à s'attendre à tout. Chaque semaine apporte son lot de surprises, bonnes et mauvaises, de bouleversements et d'imprévus. Ici une maladie subite, là un divorce, là encore un départ à l'étranger, un changement de métier, de cap. Les adresses des vieux carnets sont à rayer, on déménage, on change de bureau, de domicile, de compagne, de compagnon. A toute allure. Ce n'est pas le temps qui file, c'est nous qui filons d'un port à un autre, d'un amour à un autre, d'un arrangement à un autre. Un slalom entre les obligations, les sentiments et la survie.

Paradoxalement, plus la communication se développe, plus les échanges augmentent, plus on est « joignable » et plus je redoute les séparations. Ce petit instant entre chien et loup où on s'embrasse jovialement en se disant *à très bientôt* me blesse et me triture le cœur sans que je puisse l'empêcher. J'ai autant de mal à quitter un proche qui va travailler le matin, qu'un ami à un train ou une amie à la fin d'une soirée ! C'est irraisonné et déraisonnable, il faut bien se quitter, on ne peut pas rester collés les uns aux autres toute la journée, ni vivre tous ensemble dans un phalanstère. Et pourtant j'appréhende ces moments indéfinis, ces petits rideaux qu'on tire sur les visages aimés, ces coups de ciseaux entre les séquences d'un film. Je feins une indifférence assurée, mais au fond de moi je ressens une brisure.

Alors que dire des grandes séparations, des adieux des émigrés, des ruptures, des divorces, des exils, des départs pour les longs voyages, et du grand départ, celui dont on ne revient pas.

Redoublons les messages sur les répondeurs, envoyons des e-mails en pagaille, des cartes postales, des coups de téléphone sans but précis. Envoyons des billets d'amour, des lettres et des petits dessins. Faisons-nous des farces, des surprises, des fêtes et des polaroïds. Utilisons tous les moyens modernes et merveilleux pour nous relier les uns aux autres, les absences seront moins longues et nous serons un peu moins isolés.

# Avec plaisir

En Gascogne, à la fin de chaque phrase, les gens disent : « Avec plaisir. » Au début, j'étais intriguée, je trouvais ça charmant mais un peu désuet, archaïque reliquat du langage des mousquetaires. Puis je m'y suis mise, et à l'usage, comme une prière qu'on répète, j'en ai compris le sens. La rythmique. La pratique.

*Avec plaisir*. D'abord il y a le « avec ». A lancer après le point de la dernière phrase, rapidement, avant que l'autre n'ait le temps de dégainer. Un pion gagnant qu'on bouge sans faire de manières, avec assurance mais sans forfanterie. On est habitué à ce jeu par ici, on ne va pas triompher chaque fois qu'on tombe juste. Et puis dans « avec » il y a « Ave », le ave latin, solennel et familier. Vaguement sacré, à cause de Maria. Prononcé dans le Sud-Ouest, il prend un son antique, originel. Un appel de la première heure de notre civilisation. En dessous il y a le *sens* d'avec. Non pas le sens-direction, la flèche qui conduit au plaisir, mais le sens-signification. On est avec vous. On vit avec vous. On est vous. Nous formons un corps, une confrérie solidaire et amicale. C'est le truc qui nous distingue. Un code qui affirme : Vous pouvez compter sur nous.

Ensuite il y a « plaisir ». Le plaisir. Votre plaisir. Il m'importe, je le soigne, je m'en occupe, j'y tiens. Il me plaît que je vous plaise. Mon plaisir est le vôtre. Le plaisir de votre choix. Attention, c'est un plaisir démocratique, ouvert, pas du tout autoritaire, un plaisir général qui doit accompagner tous nos échanges sur cette terre particulière, conçue pour exalter le plaisir, et celui qui ne l'a pas saisi est un âne.

Mais savez-vous ce qu'est le plaisir ? semble dire le « r » râpeux qu'on laisse en l'air une seconde, après avoir bien mâché le « s » de plaisir ? Avez-vous compris où vous êtes, dans quelle école d'harmonie, de science et de volupté vous vous promenez autour de ces collines dessinées par d'amoureuses cultures, le blé, la vigne, les arbres, tout ce qui est essentiel à l'homme, on ne le sait que trop maintenant, tout ce qui donne le vrai plaisir, celui de vivre avec les autres en offrant sans cesse le partage et une douce tradition qui vous pénètre et vous chauffe comme le soleil sur la peau ?

On va manger ensemble, on va boire, on va faire l'amour. Franchement. Avec plaisir.

# L'intérieur des terres

Pendant un certain temps de la vie on cherche à connaître les lieux célèbres de la planète, les clous, les must, les endroits décrits par les grands voyageurs célèbres, par la légende et par la vox populi. Venise, Saint-Tropez, Acapulco, Machu Picchu, les mers du Sud et les trésors de la mer Rouge. Tous ces lieux mythiques sont merveilleux. Étaient merveilleux. Les foules denses qui y affluent du monde entier transforment hélas aujourd'hui ces rives de rêve, ces hauts lieux de civilisation en bazars à touristes. J'ai visité l'Égypte à la queue leu leu dans des groupes métronomés sans pouvoir m'arrêter devant un bas-relief ou rêvasser à l'abri d'une colonnade ombragée, j'ai nagé entre des bateaux à moteur et leur faune piaillante à Positano, j'ai arpenté la plage de Cannes pour trouver un transat libre pourtant payé cent vingt francs (vingt euros et quelques). Je suis heureuse d'avoir vu certaines beautés de cette terre, il m'en manque beaucoup et je ne les verrai pas, je le sais maintenant.

Vient le temps où s'insinuent et s'imposent les charmes d'une maison retirée, dans un paysage sans gloire au bout d'une route qui ne va nulle part. Une campagne française avec ses champs, ses vignes et ses grands arbres. Loin des côtes, loin des pics, loin des lieux connus. Loin du regard des autres. L'intérieur des terres. Ce qui semblait le bout du monde quand on avait vingt ans, un trou perdu où la vie ne passait pas, où elle s'arrêtait peut-être, devient aujourd'hui un lieu intime qui nous paraît contenir la vie même, à l'écart de la cohue et de la hâte. Un point médian entre ce qui bouge et ce qui est éternel. Entre le progrès et l'archaïsme. Entre la passion et la tendresse. L'intérieur de chacun de nous, qui équilibre nos choix et nos décisions à notre insu.

Avec le temps, avec l'âge, cette voix intérieure se fait entendre plus fort, elle nous dit : Regarde près de toi les beautés qui existent, réelles et accessibles au lieu de courir après des beautés, certes remarquables, mais qui perdent leur étrangeté dès qu'on les visite et qui sont devenues de vulgaires lieux communs.

J'ai mes Seychelles au bord de ma piscine, mes cathédrales dans la chapelle cistercienne en ruine au croisement de mon chemin, mon Big Ben au clocher de mon village et mes tropiques dans le hamac que j'ai suspendu entre deux chênes au-dessous de ma maison. Je fais circuler la terre entière dans mon assiette, des sushis à la paëlla, de la fondue aux acras, on trouve tout dans les supermarchés. Et pour comprendre les autres civilisations, la littérature et le cinéma m'invitent en leur cœur même. Quant au soleil, je l'attends et je le reçois comme ailleurs. S'il boude je pense à la tristesse d'une plage sous la pluie. J'imite Pascal qui disait : « J'ai mes brouillards et mon beau temps au-dedans de moi. »

DU MÊME AUTEUR

LOVE. BABA, Albin Michel

LE JOURNAL D'UNE FEMME MARIÉE, Denoël

LA STAR, Grasset

JOYEUSES PÂTES, Robert Laffont

MOI, J'EN RIZ, Robert Laffont

J'AIME PAS, Cherche Midi Éditeur

HARICOTS-CI, HARICOTS-LÀ, Robert Laffont

Cet ouvrage composé
par Nord Compo
a été achevé d'imprimer sur Roto-Page
par l'Imprimerie Floch à Mayenne,
pour les Éditions Albin Michel
en septembre 2001.

N° d'édition : 19965.
N° d'impression : 52239.
Dépôt légal : septembre 2001.
Imprimé en France.